발달은 느리고
마음은 바쁜 아이를
키웁니다

일러두기

본문에 등장하는 인물은 모두 가명을 사용했습니다.

발달은 느리고
마음은 바쁜 아이를
키웁니다

정소연 지음

자폐스펙트럼, ADHD,
특별한 아이를 키우는 기쁨과 슬픔

온더페이지

두 세계를 사는
아이

'자폐(自閉)'는 '스스로 자'에 '닫을 폐', 말 그대로 스스로를 가
둔다는 말이다. 과거의 나는 '자폐'라고 하면 막연하게 기형
도의 시 〈빈집〉을 떠올렸다. '장님처럼 더듬거리며' 방 안에
서 문을 잠가 스스로를 가둬버린 서글픈 남자의 이미지를.
아이의 자폐스펙트럼을 인지했을 때 아이가 그런 방에 홀로
웅크리고 있다고 생각했다. 아이가 걸어 잠근 문을 열고 싶
었다. 좁고 어둡고 음습한 골방에서 아이를 빨리 꺼내주고
싶었다.

아이와 나 사이엔 보이지 않는 벽이 있었다. 라푼젤의 성처럼 높고 견고한 벽이었다. 밖에서 수없이 아이의 이름을 불렀다. 아이 이름을 부르는 내 목소리는 때론 울음으로, 때론 분노로, 때론 탄식으로 바뀌었다. 벽을 두드리는 손에 멍이 들고 피가 났다. 대답 없는 아이에게 비난을 퍼붓기도 했다. 그럴 때면 늘 엄마와 남편 중 하나가 달려왔다. 조언도 비난도 하지 않고 "가서 한숨 자고 와"라며 나를 아이에게서 떼어내 주었다. 돌이켜보면 그 시간이 나를 살렸다. 많은 사람이 아이를 도왔다. 아빠가, 할머니가, 할아버지가, 담임 선생님이, 치료사 선생님이, 형이, 동생이, 친구가, 이웃이, 그리고 때로는 바람과 노을이, 개미와 나비가.

아무리 불러도 대답이 없던 내 아이는 어느 날 "엄마!" 하고 나를 불렀다. 아이가 엄마를 부르며 나를 응시하자 비로소 문이 보였다. 문고리가 안쪽에만 달려 있어서 아이가 열지 않으면 나는 들어갈 수 없는 문. 분명 문이었다. 벽인 것 같았지만 문이었다. 우리 아이는 그 문을 열고 나왔다. 엄마를 불렀고 가족을 응시했고 세상을 마주했다. 이 아이는 여전히 자기 세상을 사랑하지만, 불확실하고 불규칙하고 혼란

스러운 엄마의 세상도 대체로 따뜻하고 안전하다는 걸 이제
는 안다.

'자폐'의 영문명은 'autism'이다. 자기 자신(스스로)을 의
미하는 'autos'와 상태나 특성을 의미하는 '-ism'의 합성어다.
'스스로를 가두다'라는 의미보다 '자기 자신인 상태(자신에게
몰입하는 상태)'에 더 가깝다. 나는 우리 아이가 스스로를 가둔
아이가 아니라 자신의 세계에서 스스로 존재하는 아이라고
생각한다.

아이가 문을 열고 나서야 마주한 아이의 방은 생각했던
것처럼 좁고 깜깜하지 않았다. 넓은 동시에 아늑하고, 질서
정연하면서도 다채롭고, 안전하면서도 흥미로운 일들이 가
득한 세계 속에서 아이는 살고 있었다.

나는 이 아이가 사랑하는 정글을 두고 인간 세계로 갓
돌아온 모글리 같다고 느꼈다. 아이는 비명에 가까운 울음을
몇 시간씩 울어댔고 물에 빠진 사람처럼 손발을 허우적거렸
으며 고장 난 태엽 로봇처럼 한자리를 뱅글뱅글 돌았다.

이는 아이가 속한 세계와 나의 세계의 중력이 다른 탓
이다. 지금의 나는 그렇게 믿는다. 내 아이는 자기 세계에 갇

힌 게 아니라 두 개의 세계를 살고 있는 아이다. 그래서 나의 세계에서 혼란을 겪는 거라고. 그러니 이렇게 배워야 할 게 많은 거라고.

자신의 세계와 나의 세계를 즐겁게 오가며 노니는 날을 기다리며 아이를 가르치고 내 마음을 다독여 왔다. 아이의 치료를 위해 하루의 대부분을 쓰고 나를 위해 하루 한 시간 글을 썼다. 그렇게 모인 글은 또 하나의 세계가 되어 내 삶을 재건했다.

두 세계의 벽을 허물고 경계가 사라질 수 있다면 좋겠지만, 설령 하나가 되지 못한다 해도 내 세계로 향하는 아이의 발걸음이 언제나 가볍길.

이 글이 두려움을 딛고서 가족과 삶이 있는 세계로 뚜벅뚜벅 걸어 나온 누군가에게 격려와 응원이 되길 바란다. 열리지 않는 문을 두드리며 아이의 이름을 수없이 부르고 있을 누군가에게 위로가 되길 바란다.

정소연

2장

자폐스펙트럼 아이가 살아가는 법

5장

우리에게 곁을 내어준 소중한 당신들에게

1장

조금 달랐고

유난히 힘들었던 아이

"어머니, 혹시 자폐스펙트럼이라고 들어보셨나요?"

덤덤한 표정을 지으려 애썼지만 30년 넘게 지켜온 자랑스러운 나의 세계가 발밑부터 무너져 내리고 있었다. 다온이가 세 돌이 되어갈 무렵이었다. 괴롭더라도 현실을 직시하고픈 마음과, 현실을 마주하기 두려운 마음이 양팔 저울 위에서 흔들렸다. 집 근처 아동발달센터의 원장님은 내가 작성한 체크리스트와 다온이를 10분 정도 번갈아 관찰한 뒤 '자폐 성향'이 보인다는 말을 조심스레 꺼내셨다.

전문가의 눈에 우리 아이는 척 봐도 그렇게 보이는 걸까? 내가 바보였던 걸까? 아니, 그런데 10분 만에 섣불리 '자폐'라는 말을 꺼내도 되는 거야? 우리 다온이가 그 정도로 명백하다는 뜻일까? 자책했다가 발끈했다가 절망했다가… 감정이 사방팔방으로 요동쳤다. 많은 말이 파도처럼 밀려들었지만 아무 말도 뱉을 수 없었다.

"그럼 이제 어떻게 해야 하나요."

언어치료, 놀이치료, 감각통합치료를 권유받았다. 사실상 센터에서 운영하는 모든 치료였다. 조기에 개입해 치료할수록 예후가 좋다고 했다. 예후가 좋은 아이들은 평범한 사람처럼 살아가기도 한다고 했다. 그 말은 마치 이제부터 다온이의 최종 목표는 '평범해지는 것'이라는 소리로 들렸다.

"어머니?"

"네? 뭐라고요?"

"저희 센터에서 치료를 시작해 보시겠나요?"

믿어도 되는 곳일까? 이곳은 우리를 도와줄 수 있는 곳일까? 다온이는… 내 인생은 이제 어떻게 흘러가게 되는 걸까? 신기한 일이었다. 처음 보는 사람의 말 한마디가 인생의 항로를 완전히 틀어버릴 수도 있는 거였다.

발달은 느리고 마음은 바쁜 아이를 키웁니다

조금 생각해 보고 오겠다고 하고 무거운 발걸음으로 건물을 나왔다. 중력이 유난히도 크게 느껴지는 날이었다. 분명히 아스팔트 바닥인데 늪 같았다. 발바닥부터 지구의 중심부로 빨려들 것 같았다. 바람이 볼에 차갑게 얼어붙었다. 그제서야 얼굴이 눈물 콧물 범벅임을 알았다. 교차로에서 신호등을 기다리는데 세상이 회전컵처럼 빙빙 돌았다. 모든 게 도는 줄 알았는데 내 세상만 돌고 있었다. 이명인지 실제인지 모를 사이렌 소리가 들렸다. 정신을 차려보니 다온이가 "삐유~ 삐유~" 하고 소리를 내며 내 주변을 잠자리처럼 돌고 있었다. 그 모습이 엉뚱하고 귀여워 보이던 때도 있었지만 이젠 그것이 '상동행동(자폐스펙트럼 증상 중 하나로, 의미가 불분명한 행동을 계속 반복하는 것)'이라는 걸 안다. 과부하가 걸린 뇌가 타들어 갔다 녹아내렸다 했다.

"빨간 불엔 멈춰야 되는 거 알아, 몰라? 엄마 잡아당기지 말고 말을 해. 이제 곧 4살이잖아. 왜 말을 안 해. 왜, 왜!"

아이의 등짝을 마구 때리고 싶었다. 아이를 껴안고 울고 싶었다. 원망스럽고 미웠다. 사랑스럽고 가여웠다. 불쌍한 것이 아이인지 나인지 헷갈렸다. 왜 이제야 생각했을까. 단서는 많았는데. 다온이의 모든 어려움이 한 방향을 가리키고 있었는데.

　돌이켜보면 조금 달랐고 유난히 힘들었던 아이였다. 다온이는 형 다준이와 16개월 텀을 두고 연년생으로 태어났다. 모든 발달이 매우 느렸다. 두 돌이 넘도록 말이 트이지 않은 건 물론이고 이름을 불러도 돌아보지 않았다. 세 돌 무렵까지 매일 몇 시간씩 발작하듯 울었다. 온몸을 벌벌 떨며 숨도 안 쉬고 비명을 질러댔다. 새벽이 되면 더욱 심했다. 새벽마다 몇 시간이고 울어대는 다온이 때문에 나 또한 수면장애가 생겼다. 발작적인 울음을 하지 않는 시간엔 대체로 멍했다. 기저귀에 똥을 뭉개고 앉아 있어도 찝찝한 줄 몰랐다. 유모차에 1시간을 넘게 태워놓아도 내려달라고 보채지 않았다. 아기가 '가만히' 있는다는 게 이상 신호라는 걸 바보 같게도 인지하지 못했다. 인지할 체력적 여유가 없었다.

　낯가림 없이 남의 품에 잘도 안겨 있다가 한참 뒤에야 납치라도 당하는 아기처럼 소스라치게 놀라며 울곤 했다. 한편으로는 가르치지도 않은 한글, 숫자, 알파벳을 스스로 깨쳤다. "엄마, 아빠!"는 안 해도 70권짜리 자연관찰 전집의 순서를 줄줄 외웠고 덧셈 뺄셈을 스스로 익혔고 알파벳 음가를 외워 영단어를 읽었다. 다온이를 본 사람들은 저마다 반응이 달랐다. 어떤 이는 순한 아기라고 했고, 다른 이는 예민한 아기라고 했다. 느린 아기라는 사람도 영특한 아기라는 사람도 있었다.

자폐를 전혀 의심하지 않았던 건 아니다. 아이가 돌아가는 건조기 앞에서 30분을 멍하니 서 있을 때, LED등을 껐다 켰다 수십 번 반복할 때, 둥근 트랙 위의 전동 기차처럼 한자리를 뱅글뱅글 돌 때… 그때마다 알 수 없는 위화감과 불안감이 스멀스멀 나를 좀먹었지만 그것을 외면함으로써 삶의 평화를 지켰다. 무지하면서 오만했다. 끊어진 과거의 기억들이 고장 난 브라운관 티브이 화면처럼 '지지직' 소리를 내며 떠올랐다 사라지기를 반복했다. 믿을 수 없지만 현실이었다.

소아정신과의 공식적인 첫 진단은 '상세불명의 발달장애'였다. 검사 결과 다온이의 언어능력은 월령 대비 하위 1퍼센트 미만이었다. 당장 언어장애로 진단 가능한 수준이었다. 사회성 발달은 더 더뎠다. 대근육과 소근육 발달도 또래보다 1년 이상 느렸다. 지금이 결정적 시기라며 치료를 쏟아붓듯이 해야 한다고 했다. 아이가 아직 어리니 '자폐'를 확정 짓긴

이르지만 자폐라는 전제로 아이를 치료하라고 했다. 물불 가리지 말고 치료에 박차를 가하라면서도 자폐는 완화될 수만 있을 뿐 완치는 불가능하다고 했다. 완치가 불가능해도 치료를 쏟아붓듯이 해야 하는 질환, 그것이 바로 '장애'라는 걸 알았다.

소아정신과 교수님은 주당 20시간의 개별 집중 치료라는 처방을 내렸다. 의사의 권고대로 주당 20시간의 개별 치료를 소화하려면 월 400만 원에 가까운 금액이 들었다. 당시 내 월급보다도 훨씬 큰돈이었다. 금액도 금액이지만 직장 생활과 치료센터 라이딩을 병행할 물리적 시간도 없었다. 평범한 한국 가정에서 자폐 아이를 위해 주당 20시간의 집중 치료를 시킨다는 건 사실상 빚더미에 나앉으란 소리였다. 부부 중 한 명에겐 밤낮없이 돈 벌어오는 기계가 되란 소리고, 나머지 한 명에겐 자신의 모든 커리어를 포기하란 소리였다. 다른 형제가 있다면 그 형제에겐 엄마는 없는 듯이 알아서 크라는 소리가 되겠다.

'이게 가능한 일인가요? 이렇게 하면 정말 우리 아이가 나아지나요? 나아지면 정상이 될 수 있나요? 언제까지 그런 생활을 해야 하나요? 다른 가족의 삶은 어떻게 되나요?'

묻고 싶지만 말문이 막혀 뱉지 못했다. 내 표정을 읽었는지 교수님은 "과정은 힘들겠지만 다온이는 점차 나아질 아이입니다"라고 하셨다. '나아진다'라…. 나아진다는 말이 느린 아이의 세계에서 얼마나 대단한 말인지 안다. '나아진다'는 건 누군가에겐 기적이다. 치타에겐 아무것도 아닌 달팽이의 한걸음이 땅에 붙들린 들풀에겐 기적이듯이. 누군가에겐 '나아질 수 있다'는 희망조차 사치라는 걸 안다. 나아지지 못해도 치료를 놓을 수 없는 보호자가 많다는 것도.

제일 궁금한 건 아이의 예후였다. 평범한 학교생활을 할 수 있을까? 친구를 사귀는 건 가능할까? 그것보다 자립. 자립이 가장 큰 화두였다. "열심히 치료하면 자립이 가능할까요?"라는 질문에 교수님은 "자립이 어렵다고 말하면 치료를 포기할 거냐?"라고 반문하셨다. 지금은 예후를 논할 때가 아니라 골든타임이 끝나기 전에 아이의 발달을 최대한 끌어올릴 때라고 했다.

"다온이는 스스로 성장할 수 없는 아이입니다. 친구들이 저절로 배우는 걸 한 숟갈씩 떠먹이듯 머리에 집어넣어 줘야 합니다. 학령기엔 약물 복용도 필요하겠지요. 부모의 많은 희생을 요할 겁니다. 하지만 느린 아이들도 발전합니다. 이건 장기전입니다."

　　교수님은 엄마가 먼저 무너지면 안 된다고, 지금부터는 보호자 하기에 달렸다고 하셨다. '나 하기에 달렸다.' 그 말에 숨이 턱 막혔다. 아이의 미래가 나 하기에 달렸다니. 내 한 몸도 건사하기 힘든 내가 대체 뭘 어찌해야 한단 말인가. '발달장애'의 섬에 불시착한 나는 막막하고 두려웠다. 운명은 미리보기가 없었다.

비극이 아니라

새로운 변수인 거야!

3일 정도 울었던 것 같다. 눈가가 젖었다가 부었다가 기어코 따끔거릴 때쯤 자리를 털고 일어났다. 바스러진 마음의 조각들을 쓸어 모아 이불과 함께 접어 장롱에 넣었다. 비탄과 자기 연민에 빠져 다온이의 골든타임을 허비할 순 없기 때문이었다. 자리를 털고 일어설 수 있었던 데는 남편의 역할이 컸다. 거대한 이불 번데기가 된 아내의 머리맡에서 남편은 조심스레 입을 열었다.

"난 말이야. 장자를 좋아해."

"이 상황에 뭔 놈의 장자야? 내 자식이 자폐라는데 첫마디가 그거야? 기원전에 나고 죽은 남의 나라 지식인이 우리랑 뭔 상관이야?"

열불이 터져 이불더미를 확 들춰낸 내가 말했다.

"장자가 그랬어. 아주 옛날에 몸이 성치 않은 사람이 있었대. 요즘으로 치면 지체장애인이지. 주변 사람들은 모두 그를 동정하거나 멸시했대. 가엾은 인간이라고, 죄가 많아 저렇게 태어났다고. 그런데 어느 날 전쟁이 터진 거야. 사지육신이 멀쩡한 사람들은 모두 전쟁터에 끌려가서 죽었대. 그런데 그는 육신이 성하지 못한 덕에 전쟁터에 끌려가지 않았고, 결국 천수를 누릴 수 있었대."

무엇이 행운이고 불행인지는 아무도 알 수 없다고, 끝까지 살아보지 않으면 모르는 거라고 남편은 말했다. 다온이의 '자폐'를 아이 인생에 놓인 장애물로 여기지 말고 아이의 특성으로 인정해 주자고도 했다.

"장애를 가지고 살아가는 삶은 굴곡도 절망도 많겠지. 그렇지만 그 인생이 끝까지 비극일 거라고 누가 감히 단정할 수 있겠어?"

장애가 불행이 아니면 대체 뭐가 불행이고, 장애가 인

생의 장애물이 아니면 대체 뭐가 장애물이란 말이냐고 묻고 싶었다. 하지만 나 역시 알고 있었다. 그렇게 믿어야만 오늘을 살아갈 수 있으리라는 것을. 결과를 예단하지 않는 것은 현실을 부정하는 것과는 다르다는 것을.

"함부로 다온이를 불쌍히 여기지 말자. 다온이의 삶이 어떻게 일궈질지, 얼마나 아름답게 피어날지는 아무도 알 수 없어. 우리 다온이는 독특하고 엉뚱하고 반짝반짝한, 세상에 하나뿐인 아이잖아? 우리가 그렇게 여기면 우리 아이들도 그렇게 알고 자랄 거야."

남편은 내 머리를 자신의 가슴팍에 갖다 대고 머리칼을 쓰다듬으며 말을 이어갔다.

"옛날에 어떤 나무꾼이 있었는데…"

"또 그놈의 굽은 나무 이야기 하려는 거지?"

"잘 아네."

나무꾼이 있었다. 그는 나무를 하러 산에 갔다가 굽고 못난 나무를 보았다. "이런 쓸모없는 나무 같으니라고. 이렇게 굽은 걸 어디에 쓰나?" 그 나무를 스쳐 지나가며 나무꾼은 투덜거렸다. 그날 밤 그의 꿈에 굽은 나무가 나왔다. 나무는 반문했다. "내 나무 기둥이 이렇게 굽은 덕에 난 어느 나무꾼에게도 베이지 않고 아직 살아 있다. 어찌 이런 내 모습을 쓸모없다고 말할 수 있겠느냐"라고.

"다온이가 자신의 모습을 긍정하며 살아갈 수 있도록 도와주자. 그게 우리의 역할일 거야."

갈피를 못 잡던 마음이 조금씩 제자리를 찾았다. 남편의 말은 설득력이 있었다. 하지만 나를 다시 일어서게 한 건 설득력보다 그의 존재감이었다. 자폐라는 말을 듣는 순간 다온이와 단 둘이 절벽으로 내몰린 것 같았다. 조금만 발을 헛디뎌도 추락할 것 같았다. 그 순간 옆을 보니 남편이 서 있었다. 부둥켜안거나 매달려도 흔들리지 않을, 굵은 기둥과 깊은 뿌리를 가진 나무의 모습으로. 우리는 둘이 아니라 셋이었다. 다온이의 '장애'마저 사랑해 줄 사람이 나 말고도 또 있다는 것. 그 사실 하나가 다른 무엇보다 위안이 되었다.

그의 말이 옳았다. 자폐 판정을 받건 아니건 다온이가 달라지는 건 없었다. 아이가 자폐스펙트럼이라는 게 사형 선고나 시한부 선고는 아니었다. 육아의 영역에 '재활'이라는 새로운 챕터가 추가되었을 뿐, 우리의 삶에 새로운 도전 과제가 던져졌을 뿐, 본질은 변하지 않는다. 본질이 뭐냐고? 다

발달은 느리고 마음은 바쁜 아이를 키웁니다

온이는 우리 아들이라는 것, 우리는 이 아이에게 책임이 있다는 것. 아이가 어떤 모습이든 우리는 아이를 사랑한다는 것.

　자폐스펙트럼 진단 기준은 크게 두 가지로, '사회적 의사소통 및 상호작용의 질적 저하'와 '제한되고 반복적인 관심사'다. 다온이는 현재 이 두 가지 모두에 '명백히' 해당되었다. 하지만 자폐는 스펙트럼 질환이다. '기질'에서부터 '중증 장애'까지 그야말로 천차만별의 스펙트럼이 존재한다. 다온이가 가진 것이 단순히 자폐 '성향'일지 자폐성 '장애'일지는 단정할 수 없었고 다온이가 스펙트럼 어디에 있다고 해도 우리가 할 일은 같았다. 아이를 사랑하고 보호하고 가르치고 치료하는 것이다.

　'해보자'라는 생각이 들었다. 하루아침에 생긴 '자폐아이의 엄마'라는 새로운 정체성을 부정하지 말고 한번 부딪혀 보자고. 슬픔이나 절망에 내 인생을 저당잡히지 않고 한번 헤쳐나가 보자고. 내 삶에 주어진 새로운 변수를 비극이라 예단하지 말고 의연하게 받아들이자고.

다온이의

치료사 선생님을 찾아서

의사들은 약속이라도 한 듯 하나같이 '학령기 이전'이 결정적 시기라고 말했다. 결정적 시기에 최선의 재활 치료를 받게 하려면 어떻게 해야 하는 걸까? 목적지와 다른 방향으로 가는 무빙워크에 잘못 올라탄 것만 같았다. 나는 제자리에 서 있는데 운명이 자꾸 나를 다른 곳으로 데려다 놓았다. 조급하고 두려웠다.

재활 치료를 시작하려면 내가 먼저 '발달장애의 세계'에 입문해야 했다. 언어치료, 인지치료, 감각통합치료, ABA 치료, 플로어 타임… 들어본 적도 없던 무수한 치료법들을 밤새 공부해야 했다. 누구도 내 아이의 가능성과 한계점에 대해 속 시원히 말해주지 않았다. 내 아이에게 필요한 치료는 정확히 무엇이며, 그건 어디에 가면 받을 수 있는 걸까?

가까운 발달센터의 문을 무작정 두드려 보았고 인터넷에서 유명하다고 하는 센터에 멀리까지 찾아가 보았다. 추천받은 유명 센터에 모조리 전화를 돌려보았지만, 인터넷상에 이미 이름이 알려진 센터나 치료사들은 모두 '만석'이었다. 얼마나 대기해야 하냐는 질문에 '기약 없다'는 말이 돌아왔다. 한 아이가 치료를 종료해야 한 명이 들어갈 수 있는데 그렇게 기다리는 아이가 수십 명이었다. 내 아이에게 필요한 치료가 무엇인지 알기까지, 내 아이와 맞는 치료사를 찾기까지 많은 시행착오를 겪어야 했다. '돈, 체력, 시간' 3요소가 골고루 줄줄 새는 날들이 이어졌다. 이 세계에서는 이걸 '삽질 총량의 법칙'이라고 불렀다.

우여곡절 끝에 언어치료를 시작했지만 다온이는 40분에 5만 원짜리 치료 시간에 울기만 했다. 엄마와 분리가 안되었기 때문이다. 아이는 문 닫힌 좁은 공간에서 낯선 선생님과 둘이 시간을 보내야 한다는 걸 받아들이지 못했다. 아무리 신기한 장난감을 들이밀어도 쳐다보지 않았다. 나는 토끼처럼 귀를 쫑긋 세우고 치료실 벽에 붙어 치료실에서 흘러나오는 소리를 들어보려 애썼다. 치료사 선생님은 무어라고 끊임없이 말씀하시는 듯했지만 창밖으로 흘러 나오는 다온이의 목소리엔 울음과 비명뿐 언어는 없었다. 저렇게 울기만 하는 아이에게 아무리 훌륭한 언어자극을 제공한들 귀에 들어가긴 할까?

선생님들은 하나같이 시간이 지나 '라포'가 형성되면 괜찮다고 말씀하셨다. 다온이가 적응할 때까지만이라도 나와 함께 치료실에 들어가면 안 되냐고 여쭈니 엄마랑 들어가는 습관이 들면 나중엔 분리가 더 어렵다고 하셨다. 많은 경험을 토대로 하신 말씀일 테니 분명 일리 있는 말일 것이다. 하지만 치료 시간 내내 울기만 하는 아이를 이 센터, 저 센터로 실어 나르는 날들이 길어지니 '정말 이게 맞나?' 하는 의문이 들었다. "오늘은 다온이 언어치료 잘했어?"라고 묻는 남편에게 "오늘도 5만 원 치 울고 왔어"라고 씁쓸하게 답하곤 했다.

당시의 다온이는 아직 36개월도 안 된, 거기다 실제 언어 발달은 돌을 갓 지난 아기 수준이었다. 조급한 마음에 나조차 확신이 없는 상태로 아이를 치료실에 밀어 넣으니 아이도 나도 세트로 점점 불안해졌다. 혼란스럽고 조급했지만 최소한 이 방식이 최선이 아니라는 건 알 것 같았다. 중요한 건 하루라도 빨리 많은 치료를 받게 하는 것이 아니라 내 아이에게 맞는 치료사를 찾는 거였다. 시행착오 없이 치료를 시키고 싶은 욕심을 내려놓고 검색, 상담, 발품, 귀동냥으로 시간을 보내길 수개월, 드디어 진정한 의미에서의 '다온이의 첫 번째 치료사 선생님'을 만났다.

다른 곳에서도 언어치료를 하고 있지만 분리가 안 되어 40분 내내 울기만 한다는 이야기를 들으신 김태희 선생님은 이렇게 말씀하셨다.

"어머니, 그럼 적응 기간 동안 치료실에 어머니와 함께 들어가도록 해요."

적응 기간을 얼마나 가지냐는 나의 질문에 선생님은 '다온이가 선생님 손을 잡고 스스로 치료실로 걸어 들어갈 수 있을 때까지'라고 하셨다. 다온이가 아직 어리고 분리불안이 심하니 엄마와 함께 천천히 적응해 나가는 방법이 좋을 것 같다는 말도 덧붙이셨다.

"엄마가 치료실에 같이 들어올 경우 나중에 분리가 더 어렵다고 하던데 괜찮을까요?"

"지금은 다온이의 마음을 여는 걸 우선으로 해요. 저랑 충분히 라포를 쌓은 뒤에 1분씩 어머니가 먼저 나가시는 연습을 하면 돼요. 처음엔 1분, 다음엔 3분, 그다음엔 5분, 이렇게 분리 시간을 서서히 늘려나갈 테니 걱정 마세요."

"제가 40분 내내 수업 과정을 지켜봐도 혹시 불편하진 않으세요?"

"괜찮아요. 어머니도 치료 과정을 보시면 안심도 되고 믿음도 생길 거예요."

목소리 톤이 높고 리액션이 풍부한 분이었다. 짧은 대화만으로 이분이 다온이의 첫 치료사가 될 거라고 직감했다.

당시의 다온이는 숫자나 몇몇 단어 외에 자발어가 거의 없었다. 언어치료의 시작은 치료나 학습보다 놀이에 가까웠다. 태희 선생님은 타인과의 놀이 경험이 거의 없던 다온이와 몸을 아끼지 않고 놀아주셨다. 접이식 매트를 세워서 대문 놀이도 하고 풍선 주고받기 놀이도 하고 뽀로로 장난감으로 역할 놀이도 해주셨다. 선생님은 마치 1인 관객을 앞에 둔 희극 배우 같았다. 짧고 간결한 언어를 쓰면서도 풍부한 표정과 몸짓을 보여주셨다.

　　다온이는 처음엔 그저 입을 헤 벌리고 지켜보거나 깔깔 웃기만 했지만, 조금씩 선생님과의 놀이에 빠져들었다. 자기도 모르게 손을 움직이고 "아! 아!" 하며 자신의 차례라고 선생님께 의사표현을 하기도 했다. 선생님과의 놀이에 집중해 있던 다온이는 이내 흠칫 놀라며 내가 뒤에 있는지 확인하곤 했다. 그때마다 선생님은 "엄마는 다온이 뒤에서 지켜보고 계시니까 걱정 마"라고 말씀하셨다.

　　다온이가 나를 돌아보는 빈도가 점점 줄었다. 라포, 그놈의 라포. 아이가 점점 마음을 열고 있다는 게 느껴졌다. 다온이가 선생님과 라포를 쌓아가는 모습을 지켜보는 내 마음도 점점 안정을 찾아갔다. 나도 모르는 사이에 선생님과 나의 라포도 차곡차곡 쌓여가고 있었다. 다온이는 한 달 만에, 발달센터 출입문을 들어서면 선생님 방을 향해 뛰어가는 아이가 되었다. 선생님 손을 잡고 나에게도 빨리 들어오라고 손짓했다. 내가 따라오지 않을까 봐 불안해서 나를 앞세우던 처음의 모습과는 확연히 달랐다.

　　"어머니, 이제 슬슬 분리 연습을 해볼까 해요."

　　"네. 제가 몰래 나갈까요?"

"아뇨. 몰래 나가시면 다온이가 앞으로도 엄마가 언제 나가실지 몰라 불안해하게 될 거예요. 예측 불가한 상황을 두려워하는 아이에겐 앞일을 미리 고하고 마음의 준비를 할 수 있게 해주는 게 중요해요. 제가 다온이에게 오늘은 엄마가 1분 전에 먼저 나갈 거라고 설명할게요. 제 설명을 다온이가 알아들으면 그때 나가주세요. 아이가 운다고 돌아보거나 애처로운 표정을 짓지 마시고 단호하게 나가셔야 해요."

수업 마치기 2~3분 전, 선생님은 "다온아, 이제 엄마가 1분 먼저 나갈 거야. 다온이는 수업 끝나는 종소리가 들리면 나갈 수 있어"라고 말씀하셨다. 다온이는 '엄마', '나간다' 두 단어만 이해한 것 같았다. 갑자기 맹렬하게 울기 시작했다. '어머니, 얼른 나가세요!' 선생님이 눈빛으로 신호를 보냈다.

"다온아, 엄마 밖에서 기다릴게."

"우아아아아아아아아아앙!"

건물이 쩌렁쩌렁 울리도록 큰 울음소리가 들렸다. 다온이는 어떻게든 나를 따라나서려고 발버둥을 쳤다. 선생님은 "다온아, 종이 울리면 엄마 만날 거야. 다온이 숫자 세기 잘하지? 천천히 20까지만 세자. 그리고 종이 울리면 나가는 거야"라고 말씀하셨다. 다온이는 엄마를 부르며 엉엉 울면서도

발달은 느리고 마음은 바쁜 아이를 키웁니다

선생님 품에 안겨 함께 숫자를 셌다. 종이 울리는 순간 이산가족을 만난 듯한 표정으로 내게 달려오는 다온이는 눈물 콧물 범벅이 되어 있었다. 선생님은 "다온아, 정말 잘 기다렸어. 종소리가 들리니까 엄마를 만날 수 있잖아!"라고 칭찬해 주셨다.

그렇게 하루하루 다온이는 1분, 2분, 3분씩 엄마와의 분리 시간을 늘려나갔다. 울음소리도 점점 잦아들었다. 분리 시간이 5분으로 늘어난 날, 선생님은 "다온아, 우리 종 치면 엄마 만날 수 있잖아. 수 세기는 이제 재미없어. 종 칠 때까지 풍선 놀이 하고 놀자!" 하며 다온이 앞에서 예쁜 색깔 풍선을 날리셨다. 다온이는 울음을 멈추고 풍선을 잡으려 방방 뛰었다. "우리 다온이 대단해! 빨강 풍선을 잡았구나. 자, 이번엔 초록 풍선 간다!" 선생님의 밝고 경쾌한 목소리와 함께 "꺄르륵" 하고 다온이의 웃음소리가 새어 나왔다. 묵은 체증이 내려가는 것 같았다. 다온이는 엄마와 떨어진 5분간 울지 않고 선생님과 풍선을 가지고 놀았다.

그날 이후 불안하게 둥둥 뜬 마음으로 이 센터, 저 센터를 전전하던 부레옥잠 같은 생활에 마침표를 찍었다. 다온이는 더는 나에게 같이 치료실로 들어가자고 조르지 않았다.

엄마가 보이지 않아도 문밖에서 언제나 자신을 기다리고 있다는 믿음, 선생님이 자신에게 무해한 사람이라는 확신, 엄마 없이도 선생님과 둘이서 재미있게 놀 수 있겠다는 자신감이 생긴 거다. 아이는 가족이 아닌 타인을 처음으로 '자기 사람'이라는 폴더 안에 기꺼이 편입시켰다. 그렇게 태희 선생님은 다온이의 첫 번째 언어 선생님이 되셨다. 다온이가 마음을 열고 곁을 허락한 첫 번째 타인이었다. 다온이가 엄마 없이 치료실에 첫발을 들이도록 이끌어 주신 그분은 아이의 치료사이자 마음의 안식처이자 비빌 언덕이 되어 지금까지도 다온이와 함께하고 계신다.

치료도 재활도 결국은 사람과 사람의 관계에서 이루어지는 일이다. 지나고 보니 말이 트이는 것보다 더 중요한 것은 아이 내면 깊은 곳에 숨어 있는 '소통의 욕구'를 싹 틔우는 일이었다. 다온이의 씨앗은 다른 아이들의 씨앗보다 더 단단한 껍질 속에 숨어 있었고, 더 깊숙한 땅속에 묻혀 있었다. 소통의 욕구를 싹 틔우는 방법은 조급한 마음으로 땅속의 씨앗을 꺼내서 확인하거나 씨앗의 껍질을 억지로 깨는 것이 아니었다. 지름길은 없었다. 내가 할 수 있는 일은 내 아이 안에도 분명 소통의 욕구가 있을 거라고 믿고 기다리는 일이었다. 대답 없는 아이에게 끊임없이 말을 걸었다. 믿고 사랑하고 기다렸다. 아이는 서서히, 아주 서서히 나의 눈을 응시하기 시작했고, 나의 부름에 돌아보았고, 12월의 어느 추운 밤 크리스마스 선물처럼 엄마를 안고 사랑한다고 말했다.

자폐스펙트럼+경계선 지능+ADHD
= 절망의 삼종 세트?

2년 가까운 시간이 흘렀다. 다온이는 주 4회 언어치료, 주 2회 감각통합치료, 주 1회 그룹치료, 주 2회 ABA 치료, 주 1회 특수체육을 하고 있었다. 많은 시간을 달리는 차 안에서, 센터와 병원의 대기실에서 보냈다.

다온이의 발달장애를 주변에 굳이 알리진 않았지만 그렇다고 숨기지도 않았다. 담담한 말투로 이미 마음의 풍파를 흘려 보낸 사람처럼 이야기했고, 대체로 내 마음도 그랬다. 우리 가족의 불운을 유난한 불행으로 여기지 않았다. 그래서

발달은 느리고 마음은 바쁜 아이를 키웁니다

인지 "어쩌면 그렇게 담담하냐. 나였다면 멘탈이 무너졌을 것 같다"라는 말을 종종 들었다. "무너졌었지"라고만 짧게 대답하곤 했다.

내 평온함이 유지되는 이유는 내가 마음이 단단하고 너른 사람이어서가 아니었다. 다온이가 아직은 내가 감당할 수 있는 수준이기 때문이었다. '감당할 수 있는 수준'이란 우습게도 '남들이 얼핏 봐선 멀쩡한 아이'라는 사실이었다. 나는 이렇게 작고 못난 사람이다. 다온이는 때때로 자신의 루틴이 깨지면 집에서든 밖에서든 크게 소리를 지르고 나를 때리거나 자신의 머리를 때리며 주저앉았다. 하지만 괜찮았다. 그 이유는 아이의 장애를 내 삶의 일부로 받아들여서가 아니라 다온이가 아직 어리기 때문이었다. 밖에서 떼를 쓰고 드러누워도, 이해할 수 없는 말과 행동을 반복해도 남들이 보기엔 조금 늦되거나 예민한 아이 정도로 보였기 때문에.

'자세히 보면 이상하지만 얼핏 보면 멀쩡해 보이는' 나이의 마지노선은 몇 살일까? 7살? 8살? 한두 해만 지나도 다온이는 '누가 봐도 이상한' 아이가 될지 모른다. 그것이 나의 가장 큰 두려움이었다. 정신이 성장하지 못한 채로 몸이 커지고 나이를 먹어가는 것. 그 두려움을 떨치지 못해 무수히 많은 병원과 발달센터의 문을 두드렸다. 우아하고 단단한 사람인 척 미소를 짓고 있었지만 속으론 누구보다 초조하고 분주했다. 아이를 있는 그대로 받아들이고 사랑하는 엄마 코스프레를 하고 있지만 실상은 달랐다. 문이 닫히려는 만원 엘리베이터에 "잠시만요! 한 명만 더!"를 외치며 몸을 구겨 올라타듯이 모양 빠져도 좋고 마지막 탑승자여도 좋으니 정상 범주 안에만 들어갈 수 있기를, 그게 안 된다면 최소한 지금처럼 '자세히 보면 이상하지만 얼핏 보면 멀쩡해 보이는' 수준이라도 유지해 주기를 간절히 바라고 있었다.

이 바람이 절망으로 바뀐 날, 작은 균열로 인해 터져버리는 둑처럼 마음이 순식간에 무너져 내렸다. 한국 나이로 5세 겨울, 두 번째 발달 검사를 했다. 2년 만이었다. 그사이 다온이는 말이 트였다. "물 주세요"처럼 간단한 요구사항이나 "재미있어요" "속상해요"와 같은 단순한 감정 표현을 말로 할 수 있게 되었다. 상동행동이 많이 소거되었다. 텐트럼(1~4세 정도의 아이들이 종종 보이는 파괴적인 감정 폭발)의 빈도도 진정 시간도 많이 줄었다. 우리 가족으로서는 놀랄 만한 발전이었다.

부쩍 성장한 다온이를 보며 희망을 품고 검사 결과를 기다렸다. 2년 전 '언어장애'로 첫 진단이 나온 PRES 검사(취학 전 아동의 수용언어 및 표현언어 발달 검사)를 다시 한 결과 '언어장애'에서 '언어 발달 지체'로 진단이 바뀌었다. 동일 월령 대비 최하위권이라는 사실에는 변함이 없지만, 2년 이상 지연이었던 언어 격차가 2년 안쪽으로 좁혀진 것은 유의미한 성과였다. 지난 2년간 죽어라 노력한 결과로 '언어장애'에서 '언어 발달 지체'가 된 거다. 꼴등이나 뒤에서 2~3등이나 매한가지 아니냐고 할지 모르지만 누가 뭐래도 우리 가족에겐 기쁘고 감사한 일이었다. 처음으로 실시한 K-CARS 검사(자폐 척도 검사) 결과 '경증에서 중증 정도의 자폐스펙트럼'을 진단받았다. 자폐스펙트럼 확정 진단도 순순히 받아들일 수 있었다. 수년 전부터 마음의 준비를 하고 있었으니까.

정작 나를 미치게 만든 건 따로 있었다. 자폐스펙트럼 옆에 세트 상품처럼 붙은 ADHD와 경계선 지능이라는 성적표였다. 언어 발달 지체에 자폐스펙트럼도 모자라서 경계선 지능에 ADHD라니. 이럴 수가! 말이 늦어도, 사회성이 부족해도, 집중력과 암기력이 좋으니 공부 머리는 있을 거라고 믿었다. "선생님, 다온이는 하나에 꽂히면 한두 시간은 거뜬히 집중하는 아이인데 ADHD라니요?" 의사 선생님은 그건 집중력이 아니라 과몰입이라고 했다. "구구단을 9단까지 줄줄 외우는 아이가 경계선 지능일 수 있나요?" 범주화 능력과 연상 능력이 결여된 맥락 없는 암기력은 지능과는 별 관련이 없다고 했다.

절망적이었다. 처음 '자폐'라는 말을 듣던 날의 뭐라 정의할 수 없는 혼란스러운 감정과는 달랐다. 내 모든 마음은 한 글자로 정의되었다. 절망. 깊은 절망이었다. 결승선이 아직 보이지 않을 뿐 어딘가에 있을 거라고, 그리고 우리는 언젠가 그곳에 도달할 거라고 막연히 믿었다. 내 생각이 틀렸다. 애초부터 결승선 따위는 없었는지도 모른다.

바닥에 누인 몸을 일으켜 세우는 것에도 결심이 필요할 만큼 마음이 산산조각 났다. 수증기 포화 상태의 구름처럼 눈물을 잔뜩 머금고 있다가 퇴근하고 돌아온 남편의 얼굴을 보면 기다렸다는 듯 눈물을 쏟아냈다. 소나기나 태풍이 아니라 끝날 기약 없는 장마 같은 슬픔이었다.

다온이가 자폐건 아니건 아이를 사랑하고 책임질 거라고 했지만, 사실은 아이의 현실을 있는 그대로 받아들이지 못했었나 보다. 내가 노력하면 노력한 만큼의 보상이 주어질 것이라 믿었나 보다. 언젠가는 다온이가 기적처럼 괜찮아질지도 모른다는 희망을 놓지 못했나 보다. 2년을 하루도 쉬지 않고 달렸는데, 자폐에 ADHD에 경계선 지능이라니.

"이대로 영원히 자라지 못하면 어쩌지? 아무리 노력해도 다온이가 나아지지 않으면 그땐 어쩌지?"

남편은 괜찮다, 힘내라, 걱정 마라 따위의 말을 하며 나를 달래려 애썼다. 사실 그때 남편과 무슨 이야기를 했었는지 거의 기억나지 않는다. 다만 이 한마디만 생생하다.

"예후가 아무리 안 좋다고 해봐야 평생 같이 살기밖에 더 하겠어? 내가 평생 먹여 살릴게. 평생 데리고 잘게. 당신은 아무 걱정 마."

남편과 나는 성격이 정반대다. 나는 막연하게 미래를 낙관하고 오늘을 열심히 사는 사람이고 남편은 언제나 최악의 상황을 가정해 내일을 대비하는 사람이다. 개미처럼 오늘만 열심히 사는 내 눈에 남편은 미래를 걱정하느라 정작 현재의 일은 나에게 떠넘기는 사람 같았다. 서로 다른 성격 때문에 많이 싸웠지만 그때만큼은 남편이 그런 성품을 가진 사람이란 사실에 감사했다. 자폐, 경계선 지능, ADHD 진단을 한꺼번에 받은 후 나는 인생이 산산조각 나는 것 같았지만 남편은 무너지지 않았다. 그는 다온이가 자폐 의심 소견을 받는 순간부터 우리에게 닥칠 수 있는 최선, 차선, 차악, 최악의 가능성을 모두 열어두고 있었던 모양이었다. 언제나 최악의 상황을 대비하며 플랜 B, 플랜 C를 생각하는 사람이 다온이의 미래가 어찌 되든 끝까지 사랑하고 보호하고 함께 하겠다고 말했다. 그것만이 나의 유일한 희망이었다.

이제는 정말로 받아들여야 할 시간이었다. '발달장애 아이의 엄마'라는 역할이 내 삶의 일부가 될 때라는 걸 알 수 있었다. 누구의 잘못도 아니었다. 그저 내게 그런 역할이 주어졌을 뿐. 다온이가 자폐 판정을 받은 것이 나의 잘못이 아니었듯 다온이가 ADHD와 경계선 지능 판정을 받은 것도 우리의 치료 방향이 틀려서는 아니었다. 다온이는 처음부터 그렇게 태어났고 우린 그제야 알게 되었을 뿐이다.

"그래도 2년간 열심히 치료해서 이 정도인 거겠지?"

"당연하지. 검사 결과를 참고하되 너무 깊은 의미를 두진 말자. 우리 다온이에겐 분명 검사로 걸러낼 수 없는, 수치화되지 않는 잠재력이 있을 거라고 나는 믿어."

그래도 나는 여전히 두려웠다. 아무리 노력해도 다온이가 나아지지 않으면 어떡해야 하나? 우리의 시간과 돈과 노력들이 사실은 별 소용이 없었다는 걸 나중에서야 깨닫게 되면 어쩌나. 나의 긴 넋두리에 남편은 짧게 대답했다.

"진인사대천명이지."

아, 수긍할 수밖에 없었다. '진인사대천명'은 남편의 오랜 좌우명이다. 사람은 사람이 할 수 있는 일을 다하고 결과는 하늘의 뜻에 맡긴다는 뜻이다.

"우린 우리의 최선을 다하면 돼. 최선을 다하지 않고서 어떻게 요행이나 하늘의 도움을 바랄 수 있겠어? 최선을 다하고 나서야 그 뒤는 운명의 몫이라고 말할 수 있겠지."

남편은 최선을 다할지 말지를 고민하지 말고 우리의 최선이 정말 최선이 맞는지를 고민하자고 했다.

"그래, 그러자. 그렇게 하자, 우리."

우리는 우리의 미래도 다온이의 미래도 컨트롤할 수 없으니 우리가 할 수 있는 일은 그저 최선을 다해 살아가는 것뿐이었다. '또래의 발달을 따라가는 것'을 목표로 달리지 않기로 했다. '문을 닫고 들어가도 좋으니 정상 범주 안에만 속해주길' 바라는 마음도 내려놓았다. 우리의 목표는 처음부터

'다온이가 될 수 있는 최선의 모습'이어야 했다. 비교하는 마음을 내려놓고 아이의 작은 성장에 기뻐하며 하루하루를 열심히 살아가다 보면 우리 아이가 도달할 곳이 보일지 모른다. '평균'이 아니라 '자신이 될 수 있는 최선'이라는 결승선이. 우리는 그렇게 믿고 살아가기로 했다.

중증장애

판정을 받다

다온이가 6세 되던 해 여름, 중증장애 판정을 받았다. 검사, 진단, 접수, 심사 그리고 판정. 돌이켜보니 어느 것 하나 쉽지 않았다.

　벚꽃이 날릴 무렵, 사회성숙도, 지능, 자폐, 주의 집중력 등 전반적 발달 검사를 했다. 소아정신과 병동 구석의 검사실에서 다온이는 이 방 저 방을 들고 나기를 반복했다. 모든 검사가 끝날 즈음엔 아이도 나도 눈밑이 거무죽죽했다.

　햇볕이 정수리를 달구는 날이 많아질 때쯤 진단이 나왔

다. 자폐스펙트럼, ADHD, 경계선 지능이었다. 마음의 준비를 마쳤다 생각했지만 그래도 울었다. 폭우가 퍼붓던 날, 주민센터에 가서 장애인 등록 신청을 했다. 옷소매에서 떨어지는 빗물을 서류에 묻히지 않으려 애썼다. 장애인 등록 대상자란에 다온이의 이름을 썼다. 다른 누구의 이름도 아닌 너의 이름을. 내가 직접 지은, 수천 번도 넘게 부른 그 이름을. 신청서를 적신 게 빗물인지 눈물인지 헷갈렸다.

그리고 한 달 뒤 깜짝 놀랄 만큼 갑자기 바람이 선선해진 날, 내 아이는 드디어 장애인으로 정식 등록되었다. 검사를 한 날부터 판정을 받기까지 계절이 세 번 바뀌었다. 어떤 시간이 가장 괴로웠냐면 단연코 연금공단의 장애인 등록 심사 결과를 기다리는 한 달간의 시간이었다. 결과 발표를 며칠 앞두고는 똥 마려운 강아지가 된 것 같았다. 결국 통지서가 날아올 때까지 기다리지 못하고 연금공단에 전화를 걸었다.

"심사 결과가 나왔나요?"

"네, 결과 나왔네요."

"저희 아이… 장애인 등록이 되었나요?"

"잠깐만요… 하…."

담당 공무원이 왜인지 짧은 한숨을 쉬었는데, 나는 그

순간 다온이가 심사에서 탈락되었다는 대답이 돌아오는 줄 알고 가슴이 철렁했다.

"등록됐습니다."

"정말요? 네네, 정말 감사합니다."

나는 깊이 가슴을 쓸어내리며 어언 한 달 만에 비로소 마음의 평화를 되찾았다. '등록되었다'는 말 한마디를 한 달 동안 간절히 기다렸다.

장애인 등록을 결심하기까지 수없이 고민했다. 이 선택이 다온이의 인생에 중요한 분기점이 될 것이기에. 행여나 나중에 가서 지금의 선택을 후회하거나 다온이의 원망을 듣게 될까 봐 두려웠다. 많은 고심 끝에 다온이를 '장애인'으로 정식 등록하기로 결정했다. 나만 결심하면 장애인 등록은 일사천리일 줄 알았으나 의외의 복병이 우리를 기다렸다. 신청 접수 당시 담당 공무원으로부터 '최근 심사가 까다로워져서 장애인 등록 기준을 충족해도 등록이 반려되는 사례가 잦다'는 말을 듣게 된 것이다. 그때부터 그전과는 비교도 안 되는 더 큰 두려움이 밀려왔다. '아니, 장애 진단을 받고도 장애인 등록을 거절당할 수 있는 거였어?'

나중에야 정확하게 알게 된 사실이지만, 병원에서 의학적으로 장애 진단을 받는 것과 국가(보건복지부)에서 장애인으로 인정해 장애인 등록을 해주는 것은 별개의 일이었다. 의사로부터 장애 진단을 받지 못하면 당연히 장애인 등록을 할 수 없지만, 의사로부터 장애 진단을 받는다고 해서 무조건 장애인 등록이 되는 것은 아니었다.

'장애인 등록'이란 말의 의미는 '국가에서 당신을 장애인으로 인정하며, 국가에서 정한 혜택과 장애인복지법에 규정된 장애인의 권리를 주겠다'는 의미다. 즉 장애 진단을 받아도 장애인 등록에서 떨어지면 장애인으로서의 혜택을 보지도, 법적 보호를 받지도 못한다. 의학적으로는 장애인에 해당하나 보건복지부에서 장애인으로 등록해주지 않은 장애인을 미등록 장애인이라 부른다.

더 어린 시절에 했던 첫 발달 검사 결과로 장애인 등록을 했다면 다온이는 프리패스였을 것이다. 수년간 어떻게든 아이의 능력을 끌어올려 보겠다고 발버둥 친 결과, 다온이는 '장애 진단은 나오지만 장애인 등록을 장담할 수 없는 상태', 즉 미등록 장애인이 될 위기에 처하게 되었다. 비장애인과 장애인의 경계 어딘가에 다온이는 서 있었다. 그것도 성장이라면 성장이니 기쁜 일이었다. 하지만 여전히 장애인으로 살아야 하면서도 장애인으로 인정받을 수 없는 건 비극일 터였다. 장애 진단을 받은 것도 서러운데, 장애인 등록에서마저 '탈락'하게 되면 우리 다온이는 이제 어쩌나. 우리 아이가 장애인으로도 비장애인으로도 살 수 없게 되는 것. 그것이 가장 두려웠다. 한 달 밤낮을 꼬박 누구에게도 말 못 하고 속앓이를 했다. 자다가도 벌떡 일어날 정도로 스트레스가 극심했다.

그리고 마침내 다온이는 장애인으로 '인정'받았다. 막상 장애인 등록을 하게 되면 마음 한편이 슬플 줄 알았지만 진심으로 후련했다. 조금 더 정확히 말하면 안도했다. 그래, 안도감이었다. 다온이에게 내가 해줄 수 있는 최소한의 보호 장치를 마련해 주었다는 안도감.

재판정 기한은 6년이었다. 다온이는 장애인 등록을 유지하려면 6년 뒤 재심사를 받아야 한다. 그 말인즉슨 다온이는 앞으로 6년간은 장애인복지법의 보호를 받는 '장애인'에 해당한다는 말이다. 6년이란 시간은 결코 짧지 않은 시간이다. 6년 뒤 다온이가 크게 발달해 재심사에서 떨어지면 떨어지는 대로, 통과하면 통과하는 대로 모두 좋을 일이다.

'통과되었다'는 통보를 받은 며칠 뒤 우편으로 '등록 장애인'의 혜택이 줄줄이 적힌 안내서 몇 장이 날아왔다. 그간의 고민과 마음고생에 비하면 허탈한 수준의 혜택이었다. 월 10여만 원 정도의 치료비, 전기세나 수도세 등 일부 감면, 연말정산 시 장애인 공제 혜택 등 크다면 크지만 부족하다면 한없이 부족한 혜택이다. 하지만 금전적 혜택을 생각해서 장애인 등록을 한 것은 아니므로 상관없었다. 내가 원한 것은 보이지 않는 울타리다. 어쩌면 다온이로 하여금 스스로의 한계를 규정하게 하고 타인으로 하여금 다온이를 편견에 가둬버릴지도 모르는 조금은 두려운 울타리. 하지만 혹시라도 우리 부부의 손이 미치지 못하는 곳에서 다온이를 세상으로부터 보호해 줄 최소한의 울타리. 다온이가 울타리 문을 열고 당당하게 세상으로 나갈 수 있길 바란다. 하지만 그러지 못하더라도 이 울타리가 다온이에게 최소한의 보호막이라도 되어주길 바라본다. '장애인복지법의 권리를 가진 대상자'라는 것이 부디 '장애인'이라는 묵직하고 아픈 이름만큼, 아니 그 이름의 10분의 1만큼의 가치라도 있길 기도한다.

사실은 영재일지도 모른다고

착각했어요

다온이는 세 돌이 훨씬 지나서야 유의미한 2어절의 문장을 뱉었다. 그전까지 완전히 무발화 상태였던 건 아니다. 다온이의 첫 발화는 '일, 이, 삼, 사, 오, 육, 칠, 팔, 구, 십'이었다. 아기 시절의 다온이는 한곳을 응시하는 일이 매우 잦았는데, 시선은 주로 숫자, 한글, 알파벳을 향했다. 앉혀놓고 뭐라도 가르치려고 하면 가시라도 박힌 것처럼 엉덩이를 들썩이는 첫째와는 달랐다. 다온이는 과거시험을 앞둔 유생처럼 진득했다.

어느 날 다온이는 그림을 그리는 형을 멀뚱히 바라보다가 스케치북을 내게 가져왔다. 내 손을 끌어다 자꾸 스케치북에다 놓았다. 1부터 10까지 숫자를 스케치북에 써주자 반색을 했다. 그 뒤로 다온이는 색연필이 닳도록 숫자를 써달라고 했다. 이런 걸 왜 좋아하는지 의아했지만 뭔가를 요청하는 게 드물었던 아이라 기쁜 마음으로 숫자를 읽고 써주었다. 일주일쯤 지나자 아이는 갑자기 "일, 이, 삼, 사, 오, 육, 칠, 팔, 구, 십" 하고 말했다.

아이가 처음으로 뱉은 단어는 '엄마'도 '아빠'도 '맘마'도 아니고 숫자였다. 바보 같은 나는 드디어 아이가 말이 트였다며 기뻐했다. 다온이는 숫자에 이어 한글도 빠르게 익혔다. 가르친 적이 없는데 어떻게 배웠는지는 아직도 미스터리다. 말을 못 하는데 글자를 읽는다는 게 이해가 안 갔지만 어쨌거나 글자를 읽었다. '꽃'이라는 글자를 읽을 줄 알았지만 진짜 꽃을 가리키며 "이게 뭐야?"라고 물으면 동태눈이 되었다. '내가 낳았지만 참 신기한 아이'라고 생각했다.

영어도 마찬가지였다. 어느 날 갑자기 거실에 있는 유선 청소기를 보고 "삼숭!" 하고 말했다. 무슨 소린가 싶어 다시 들어보니 또 "삼숭!"이었다. '설마 너 청소기에 적힌

SAMSUNG 로고를 읽은 거니?' 깜짝 놀라 다온이 눈앞에 영어 낱말 카드를 들이밀었다. '캔(can)'을 '칸'이라고 읽고 '버터플라이(butterfly)'를 '부테르플리'라고 읽었다. 'A=아' 'B=브' 하는 식으로 파닉스 규칙을 암기해서 자기 방식으로 영단어를 읽은 것이었다. '터미널(terminal)' 카드를 보여주니 정확하게 '테르미날'이라고 읽었다. 곧 스페인어도 마스터하겠다며 신이 나 봉산탈춤을 췄던 기억이 난다('터미널'의 스페인식 발음이 '떼르미날'이다). 정작 아이는 단어의 의미도 몰랐고 심지어 의미에는 관심도 없었는데 말이다.

다른 아이들과 조금 다른 줄은 진작 알았다. 괴짜 같은 녀석으로 클 거라 예상했고 영재일지도 모른다고 내심 기대했다. 비상한 암기력 때문이었다. 물론 자신의 관심 분야에 한해서였지만. 어느 날 다온이는 특유의 단조로운 어조로 "나비, 뱀, 원숭이, 코끼리" 하며 동식물 이름을 불경 외듯 읊었다. 책장 구석에 꽂힌 자연관찰 전집 70여 권의 순서를 외운 거였다. 거실 벽에 붙은 구구단 표를 보고 1단부터 19단까지를 수일 만에 외우기도 했다.

한번은 알 수 없는 규칙에 따라 'Q, W, E, R, T, Y…' 알파벳 장난감을 나열했다. 다온이 사전에 '규칙성 없는 나열'이란 없다는 걸 알기에 "대체 저 규칙이 뭘까?" 하고 남편과 나는 요리조리 머리를 굴렸다. 핸드폰으로 뭔가를 검색하던 남편이 "악" 하고 소리를 질렀다. 다온이가 나열한 알파벳의 규칙은 키보드의 영어 자판 배열이었다. 다온이는 키보드 자판의 순서를 특수키와 문장부호의 위치까지 다 외우고 있었다. '뭐 이런 애가 다 있지?' 싶었다.

영재일지도 모른다는 착각에 힘을 실어준 또 다른 요인에는 무서운 과제집착력이 있었다. 익숙하지 않은 것에 대한 불안과 완벽주의적 강박을 동시에 지닌 다온이에게 '시작'은 늘 두려운 단어였다. 그럼에도 한번 꽂힌 것은 끝을 보고야 마는 무서운 과제집착력을 가진 아이기도 했다.

5살 무렵, 종이비행기에 꽂힌 다온이는 종이비행기 접는 영상을 보고 또 보고 또 보았다. 일단 시작부터 하고 실패를 경험하며 배우는 첫째와 달리, 다온이는 100번도 넘게 수십 일에 걸쳐 영상을 돌려 보았다. 눈 감고도 그려질 때까지, 마치 그 기법을 영혼에 새기기라도 할 것처럼 말이다. 소근육 발달이 더뎌 숟가락질도 선 긋기도 힘들어하던 아이가 어느 날 '뚝딱' 종이비행기를 접었다. 그러고는 모서리가 딱딱

발달은 느리고 마음은 바쁜 아이를 키웁니다

맞고 비뚤어짐이 없는 완성품이 나올 때까지 방망이 깎는 노인처럼 반복해서 접고 또 접었다. 똑같은 비행기를 수백 개쯤 접었을까? 종이비행기로 만들어진 거대한 산이 생기고 나서야 다온이는 종이비행기의 세계에서 벗어났다.

말이 느리고 사회성이 부족한 것은 다온이가 가진 영재성 때문일 거라고 착각했다. 말만 트이면 빠른 속도로 또래의 발달을 따라잡을 아이라고 생각했다. 세 돌이 다 되도록 호명 반응도 눈 맞춤도 어려운 아이였는데 왜 그렇게 안일하고 무지했을까. 암기력은 새끼발가락으로 코 후비는 능력만큼이나 어린이집 생활에 아무런 도움도 안 되었다. 예측 불가능한 것에 대한 불안과 완벽주의적 강박은 단체 생활에서 주로 활동 거부와 문제행동으로 나타났다. 이 점을 보완하지 못하면 학교생활도 사회생활도 힘들 것이다. 조금 더 일찍 다온이의 상태에 경각심을 가졌더라면, 그래서 조금 더 일찍 개입했더라면 뭔가 달라졌을까?

서글픈 사실은 우리가 사랑했던 저 놀랍고 반짝거리는 순간들이 아이가 '자폐' 진단을 받는 순간 너무 부끄럽고 초라한 기억으로 변질되어 버렸다는 거다. 다온이가 평범한 아이였더라면 두고두고 우리의 자랑이었을 그 기억은 자폐의 증거이자 내가 얼마나 무지한 엄마인지를 알려주는 척도가 되어버렸다. 그건 너무 슬픈 일이었다. 남편과 나는 그렇게 생각하지 말자고 약속했다. 우리가 사랑했던 아이의 모든 특질을 자폐스펙트럼의 병증으로 치부하지 말자고. 그건 아이에게 예의도 아닐뿐더러 나 스스로를 너무 괴롭히는 방법이라고.

때때로 나도 모르게 다온이의 행동에서 자폐가 아닌 증거와 자폐일 수밖에 없는 증거를 찾곤 했다. 그런 내 모습을 알아차릴 때마다 스스로를 타일렀다. 자폐스펙트럼은 다온이가 가진 여러 정체성의 일부일 뿐이다. 다온이의 비상한 암기력, 말을 처음 배우는 아기 같기도 AI 상담원 같기도 한 독특한 말투, 갓 태어난 티라노사우르스 같은 천진한 흉폭함, 방망이 깎는 노인 같은 꼬장꼬장한 고집, 불편함을 웃음으로 덮으려 할 때의 애매하고 곤란한 표정, 종잡을 수 없는 웃음 코드, 엉뚱하고 기발한 생각, 편견 없는 말과 행동, 너무 격렬해서 부담스러운 애정 표현과 때론 서운할 만큼 무심하고 쿨한 태도. 설사 이것들이 자폐스펙트럼에서 기인한 것이라 해도 그것이 전부는 아니다. 아이의 유년 시절의 기억에 따뜻한 이름을 붙이는 건 엄마의 고유한 권리니까. 그 기억들은 내 아이의 고유함의 증명이며 우리가 희망과 사랑의 눈으로 아이를 바라보았다는 증거이기도 했다. 그런 특질은 아이가 자폐인 이유가 아니라 내 아이가 사랑스럽고 자랑스러운 이유다.

다온이가 가진 능력은 어떤 부분은 별의 꼭짓점처럼 뾰족하고 어떤 부분은 별의 두 꼭짓점 사이처럼 움푹 파여 있다. 내가 할 일은 꼭짓점을 깎아 작은 동그라미를 만드는 게 아니라 움푹 파인 곳을 채워 더 큰 동그라미를 만드는 거다. 다온이를 '정상'으로 만들기 위해서가 아니라 다온이가 자신의 본질을 잃지 않으면서도 타인과 더불어 살아갈 수 있게 하기 위해서.

다온이가 가진 '별의 모서리'가 지금은 비록 다온이를 자기 세계에만 머물게 하지만, 언젠가는 삶의 길을 터주는 역할을 할지도 모른다. 그 길을 따라 자신만의 빛으로 예쁜 궤도를 그리는 별이 될 수 있길 소망한다.

유명 대안학교인 간디학교의 교가에 이런 후렴구가 있

다. "배운다는 건 꿈을 꾸는 것, 가르친다는 건 희망을 노래하는 것." 다온이가 배움을 통해 꿈을 꿀 수 있길 바란다. 그것이 내 희망이다. 느리게, 때로는 휘청이며 걸어가는 길이지만 다온이를 가르치는 일이 희망을 노래하는 일이라 생각한다. 비록 지금은 깊고 어두운 터널 속에 있어도 우린 항상 꿈을 향해 가고 있고 여전히 희망을 이야기하고 있다고 믿는다.

발달은 느리고 마음은 바쁜 아이를 키웁니다

2장

루틴의 세계,

너의 평화와 나의 괴로움

누구나 그렇듯 다온이에게도 자신만의 세계가 있다. 그건 바로 나 같은 범인(凡人)은 결코 이해할 수 없는 루틴의 세계! 다온이의 루틴은 짧게는 한 달 길게는 1년 이상 지속된다. 아이는 그 루틴이 마치 칸트의 '정언명령'이라도 되는 양 절대 법칙처럼 지킨다. (현대 의학으로 칸트를 들여다보면 그는 100% 자폐스펙트럼 진단을 받을 것이다.) 각각의 루틴에 거창한 동기나 의미는 없다. 자신이 정한 라이프 패턴을 매일 고집스럽게 지켜나가는 행위 자체가 아이에게 만족감과 평온함을 가져다 주는 것 같다.

다온이는 매일 아침, 가족 중 가장 먼저 일어나 아무도 없는 거실을 한 바퀴 둘러보는 것으로 하루를 시작한다. 그러고는 코끼리가 그려진 빨간색 텀블러에 찬물을 한잔 마신 후 화장실에 가서 쉬를 한다. 그 뒤 색연필로 알파벳 캐릭터를 A부터 Z까지 그리고 자신만의 전시 공간에 전시까지 마치고 나면 드디어 '등원 준비를 할 준비'를 모두 마친 상태가 된다. 루틴 수행에 차질이 없는 날은 가족 모두 소란 없이 하루를 시작할 수 있다. 문제는 루틴이 틀어졌을 경우다. 아침에 막내가 먼저 깨거나 냉장고에 찬물이 없기라도 하는 날엔 나라 잃은 백성처럼 대성통곡을 하고 망나니 칼춤 추듯 온 집안을 헤집어 놓는다.

다온이의 하루는 또래 아이들보다 바쁘고 피로하다. 다온이는 단체 생활 리듬을 따라가는 것에 피로감을 많이 느껴 에너지가 쉽게 고갈되는 편이다. 많은 아이가 함께 생활하고 매일 새로운 일들이 생기는 어린이집은 그런 다온이에겐 카오스 같은 세계다. 거기다 등·하원 전후로 1대 1 개별 치료 스케줄이 포진되어 있다. 개별 치료는 끝날 때까지 끝난 게 아니다. 치료실 출입문을 수문장처럼 지키시는 치료사 선생님들은 친절하지만 단호하시다. 주어진 활동을 마치기 전까진 다온이에게 자유란 없다. 그래서일까? 다온이는 하루 일과를 마치고 귀가하면 자신의 루틴 속으로 숨고 싶어 한다.

　매일 똑같은 루틴을 수행하는 아이의 표정은 소문난 맛집에서 드디어 푸짐한 한 상을 받아든 손님처럼, 크리스마스 선물을 풀기 직전의 아이처럼 기대에 차 있다. 다온이의 루틴은 다음과 같다. 1단계는 종이접기(똑같은 완성품이 100개도 넘게 있다), 2단계는 거실 바닥에 알파벳 카드 나열하기, 3단계는 1부터 100까지 숫자 쓰기, 4단계는 계산기로 1×1부터 19×19까지를 두드려 정답 확인하기, 5단계는 무지개 그리기. 이 과정은 약 한 시간에서 한 시간 반 정도 소요된다. 5단계의 루틴이 모두 순조롭게 클리어되면 우리 가족의 저녁은 평화로울 것이다. 그 반대는? 으… 상상도 하기 싫다.

　아이의 이런 모습이 보기 괴로운 순간도 있었다. 왜 생산적인 활동을 하지 못하고 저렇게 단순 반복 활동만 하는 건지 이해가 안 갔다. 하지만 이젠 안다. 다온이는 바로 저 순간을 기다리며 하루의 일과를 꿋꿋이 수행해 왔다는 것을. 엄마가 보기엔 답답하고 지겨운 루틴 활동이 아이에겐 하루의 긴장과 스트레스를 풀어주는 안식처이자 해우소라는 걸.

누군가는 먹는 것으로, 누군가는 운동으로, 누군가는 게임으로, 누군가는 수다로 스트레스를 해소한다. 다온이에겐 다온이만의 방식이 있다. 이젠 그것을 인정하고 사랑스러운 눈으로 바라볼 수 있게 되었다.

다온이의 루틴을 최대한 존중하지만 가끔은 안타까울 때가 있다. 대표적 사례가 아침 식습관 루틴이다. 다온이는 약 1년간 아침밥으로 시리얼을 섞은 우유와 간장계란밥을 먹었다. 순서도 꼭 시리얼을 먼저 먹은 후 간장계란밥을 대령해 줘야 한다. 똑같은 조식 메뉴를 1년째 고집하다 보니 다온이는 그 식단에 완전히 질려버렸다. 아이는 벌칙으로 '까나리카노'나 '와사비송편'을 먹는 사람처럼 죽상을 하고서 아침마다 간장계란밥을 먹었다. 아무도 강요하지 않는데도 루틴을 버리지 못하는 융통성 없고 짠 내 나는 우리 아들. 형제들이 옆에서 생선, 미역국, 계란찜, 김자반을 먹어도 그 모습을 부러운 표정으로 바라볼 뿐 다온이에게 그 반찬들은 저녁 식사에나 용납되는 거였다. 재미있는 건, 하기 싫은 숙제를 해내듯 꾸역꾸역 시리얼과 간장계란밥을 비우고 나면 아이는 변비 탈출에 성공한 사람처럼 후련한 표정이 된다는 거다.

고집불통 아들아, 먹기 싫으면 안 먹으면 되는 거 아니니?

그 정도는 애교다. 다온이에겐 온 가족을, 심지어 본인마저 괴롭히는 희한한 취미가 있다. 바로 시도 때도 없이 알람을 맞추는 거다. 다온이는 알람이 가능한 모든 전자기기에 알람을 맞춘다. 무려 새벽 6시에 울리도록! 어떤 날은 엄마의 핸드폰에, 어떤 날은 아빠의 스마트워치에, 어떤 날은 형의 학습용 태블릿에, 어떤 날은 티브이 리모컨에, 어떤 날은 서랍 깊숙한 곳에 있는 전자시계에, 심지어 전기밥솥에까지.

예상치 못한(그것도 기상 시간보다 이른 시간에 울리는) 알람은 고문이다. 잠이 덜 깬 탓에 어느 방에서 어느 기계가 울리는지 얼른 파악할 수가 없어 더욱 괴롭다. 알람을 빨리 끄지 못하면 두 돌이 안 된 셋째마저 깨어나 버리고 만다. 간헐적으로 새벽 알람이 반복되자 노이로제에 걸릴 지경이었다. 나중엔 알람이 안 울려도 저절로 6시만 되면 눈이 번쩍 떠지곤 했다. 느린 아이의 엄마는 유체 이탈과 해탈 사이 어딘가의 삶을 산다.

제일 우스운 점이 뭔 줄 아는가? 새벽 6시에 울리는 알람을 누구보다 다온이 본인이 가장 괴로워한다는 거다. 도무지 이해할 수 없는 지점이 바로 그거다. 잠귀가 예민한 다온이는 늘 자기가 맞춘 알람의 첫 번째 희생양이 된다. 짜증과 히스테리는 덤이다. 양껏 자지 못하고 알람 소리에 깨는 게 싫으면 알람을 맞추지 않으면 될 일 아닌가? 새벽 알람에 된통 당한 날에도 다온이는 엄마 아빠의 감시망을 피해 알람을 맞춘다. 핸드폰 잠금 패턴을 바꿔도 보고 알람 기능이 있는 전자기기를 모조리 숨겨봐도 평화는 며칠뿐, 잊을 만하면 새벽 6시에 요란한 알람이 울리곤 했다. 자신이 설정한 알람 소리에 놀라 소리를 꽥꽥 지르고 우는 다온이를 보면 기가 찬다. 방귀 뀌고 성내는 놈을 달래는 건 최대 피해자인 내 몫이다. 혼을 내도 안 되고 타일러도 안 되고 '네가 어제 설정한 알람과 오늘 너의 단잠을 깨운 소음의 연결고리'를 아무리 설명해도 다온이의 기이한 취미 생활은 멈추는 법이 없었다. 그리하여 우리 가족이 하루를 마감하는 방법은 다온이가 집안 곳곳에 설치해 놓은 시한폭탄 같은 알람을 해제하는 것이다. 남편, 첫째, 나 셋이 합심해서 집안 곳곳의 지뢰를 제거하는 일이 우리의 루틴이다.

"이 또한 지나가리라"라는 격언이 있다. "인생은 멀리서 보면 희극, 가까이서 보면 비극"이라는 찰리 채플린의 명언도 있다. 느린 아이를 키우다 보니 저 두 마디가 뼈에 새겨지는 걸 느낀다. 우리의 비극적인 아침은 다온이의 알람 루틴이 끝나는 날 비로소 희극이 될 것이다. 우리 가족은 안도의 한숨을 내쉬며 "저 징글징글한 녀석이 드디어 루틴 하나를 떠나보냈구나. 이 또한 지나갔군, 지나갔어"라고 말하게 될 것이다. 다음번에 다온이가 보따리에서 꺼내 펼쳐놓을 루틴은 제발 모두에게 무해한 것이길 기도하면서.

지연반향어를

아시나요?

반향어란, 자폐스펙트럼 증상의 하나로, 맥락에 관계없이 들은 말을 그대로 반복하는 현상을 말한다. "이름이 뭐야?"라는 질문에 즉각적으로 "이름이 뭐야? 이름이 뭐야?" 하고 따라 하는 것을 즉각반향어, 예전에 들은 말을 한참 뒤에 의미 없이 반복하는 것을 지연반향어라고 한다.

　다온이는 지연반향어를 한다. 뜬금없는 상황에 뜬금없는 말을 한다. 요즘 다온이가 꽂힌 지연반향어는 "1은 작고 10은 커." "엘리베이터 타고 혼자 내려가면 안 돼." "다온이는

발달은 느리고 마음은 바쁜 아이를 키웁니다

딸기를 좋아하고 형아는 바닐라를 좋아해." "초콜릿을 먹으면 뚱뚱보가 돼버려" 등이 있다.

　　가족끼리 있을 때야 얼마든지 괜찮지만, 주변에 사람들이 있을 땐 조금 난감하기도 하다. 예를 들어 지하철에서 만난 할머니가 "안녕? 이름이 뭐니?"라고 물으시는데 "1은 작고 10은 커"라고 대답한다거나, 엄마가 동네 이웃들과 이야기를 나누는 중에 갑자기 "엘리베이터 타고 혼자 내려가면 안 돼"라고 말해 다른 사람들을 갸우뚱하게 한다거나 하는 식이다.

　　상대방이 내 눈치를 살피며 '괜히 말을 붙였나' 하고 걱정하는 게 느껴질 때도 있고, '쟤 어디 좀 이상한 앤가' 하는 생각 풍선이 읽힐 때도 있다. 대부분 그러려니 하고 넘어가시지만 "어른이 물어보면 대답을 해야지" 하고 아이에게 올바른 대답을 요구하거나 "얘는 왜 이런 말을 해요?"라고 묻는 분들도 계시다. 악의 없이 건넨 말이니 기분이 나쁘진 않다. (사실 이런 일에 일일이 기분 나쁠 시간적, 정신적 여유도 없다.)

　　다만 창피한 일은 아니지만 자랑도 아닌데 이럴 때마다 굳이 "아이가 자폐 성향이 있어서요"라고 말하기도 뭣하고 조금 곤란하다. 비단 나만의 고민은 아니었나 보다. 느린 아이 엄마들의 오픈채팅방에서 비슷한 이야기가 오갔다. 한 엄마로부터 의외의 유머러스한 해결책을 듣게 되었다. 그건 바로 아이에게 '엄마, 있잖아'라는 말을 가르치는 거다.

아무리 뜬금없는 말이어도 앞에 '엄마, 있잖아'를 붙이면 맥락이 생겨나는 마법! 예컨대 지나가는 사람 앞에서 갑자기 "1은 작고 10은 커." "초콜릿을 먹으면 뚱뚱보가 돼버려"라고 말하면 뭔가 이상하지만, 그 앞에 '엄마, 있잖아'를 붙이면 어떤가? "엄마, 있잖아. 1은 작고 10은 커." "엄마, 있잖아. 초콜릿을 먹으면 뚱뚱보가 돼버려." 갑자기 흐름이 자연스러워지는 이 느낌! 옳거니! 당장 그날부터 '엄마, 있잖아'를 연습시켰다.

"다온아, 엄마에게 갑자기 말을 하고 싶을 때는 꼭 '엄마, 있잖아'라고 먼저 말해줘."

다온이는 고개를 끄덕이긴 했지만 금방 실천하진 못했다. 그게 되면 네가 왜 느린 아이겠니. 나는 시간을 충분히 두고 아이에게 조금씩 연습을 시켰다.

한 달쯤 지나자 다온이는 지연반향어를 할 때 열 번 중 서너 번 정도는 앞에 '엄마, 있잖아'를 붙여주었다. 진심으로 기특한 마음 반, 이 행동을 강화하기 위한 마음 반으로 "그렇

발달은 느리고 마음은 바쁜 아이를 키웁니다

구나! '엄마, 있잖아' 하고 말해주니까 듣기도 좋고 다온이 마음을 딱 알겠어! 정말 잘했어!" 하고 칭찬했다. 그럼 다온이는 또 신나서 "엄마, 있잖아. 엄마, 있잖아"를 반복하며 장난을 치곤 했다. 소소한 고민에 이 얼마나 러블리한 해결책인가. '엄마, 있잖아' 하나면 만고땡이라니!

세상 모든 일이 이렇게 쉽게 해결된다면 얼마나 좋을까? 얼마 못 가 새로운 지연반향어가 등장하자 '엄마, 있잖아'는 짧은 소명을 다하고 쓸모를 잃었다. 다온이가 꽂힌 새로운 문장은 바로 "쿠쿠가 백미 취사를 완료했습니다. 밥을 맛있게 저어주세요"였다. 다온이는 오늘도 엘리베이터에서 "엄마, 있잖아. 쿠쿠가 백미 취사를 완료했습니다. 밥을 맛있게 저어주세요"라고 말해 이웃들의 이목을 집중시켰다. 반향어의 끝에 밥솥의 효과음까지 완벽하게 재현해 주었다.

하지만 난 웃었다. 난 다행히도 다온이의 그런 모습이 무척이나 사랑스럽다. 넌 반향어로도 나에게 웃음을 주는 아이구나. 그런 너를 사랑해.

"그래, 다온아. 배고프지? 얼른 가서 밥 먹자."

그날 저녁, 식사를 함께하며 남편에게 엘리베이터에서

의 일화를 이야기했다. 남편도 웃고 나도 웃었다. 옆에서 밥을 먹던 첫째도 소리죽여 킥킥댔다. 다온이는 자기 이야기인 줄도 모르고 언제나처럼 밥을 와구와구 손으로 집어먹었다. 그 모습이 늘 못마땅했지만 그날은 왠지 밉지 않았다. 도란도란 이야기를 나누며 저녁을 먹는 우리 가족이 정다워 보인다고 느꼈기 때문이다. 방귀처럼 피식 터지는 웃음, 서로를 애틋하게 여기는 사람과의 담소, 어른이라도 된 양 엄마 아빠와 비밀스런 표정을 공유하며 킥킥 웃는 큰 아이의 얼굴. 이런 것을 행복이라고 불러도 될까?

아니, 행복이란 이름은 너무 거창해서 싫다. 일상에서 행복을 찾으려 노력할수록 삶은 대체로 더 비루하고 허무해질 뿐이었다. 그 순간들은 치유될 수 없는 상처에 붙여진 작은 반창고다. '치유'할 수는 없으나 '위로'할 수는 있는, 쓸모없지만 사실은 가장 소중한. 그래, 어쩌면 잠깐의 숨통. 이 순간들이 남들이 말하는 행복과 얼마나 닮아 있는지는 모르겠지만 결국 이것만이 나를 다시 일어서게 하는 힘이니 이를 '행복'이라 부르는 것을 눈감아 주기로 한다.

벽돌집은

누구 집이야?

'제한되고 반복적인 관심사'. 자폐스펙트럼 진단 기준의 무려 두 번째 항목에 해당되는 증상이다. 처음엔 '이게 뭐가 그렇게 문제지?' 싶었다. 아이의 흥미가 남들과 다르다거나 같은 활동을 반복한다는 것이 장애 진단 기준에까지 해당된다는 게 이해가 안 갔다.

　　지금은? 100퍼센트 이해한다. 관심 대상에 대한 아이의 몰입 자체가 문제가 아니라, 그것에만 몰두하느라 세상을 살아가며 자연스레 습득해야 할 관습과 상식 들을 익히지 못하기에 문제가 되는 거다.

　다온이는 백치미가 넘친다. 좋게 말해 선입견이 없고 나쁘게 말하면 상식이 없기 때문이다. 지금은 귀엽지만 커서도 이렇다면 '백치미'가 아니라 '백치' 취급을 받게 될 거다. 늘 경각심을 갖고 다온이의 머리에 사회규범과 상식을 쑤셔 넣으려 노력한다.

　자폐 아이에게 책을 읽히는 것이 좋을까? 전문가마다 의견도 다르고 아이들마다 케이스도 다르다. 주치의 선생님께서는 다온이에게 책을 많이 읽히라고 조언하셨다. 한글을 읽어도 어휘력과 문해력이 떨어져 의미를 해석하지 못하니 문맹 탈출을 위한 게 첫 번째요, 주변에 관심을 주지 않아 상식이 쌓일 리 없으니 간접적으로나마 책을 읽으며 상식을 쑤셔 넣어주려는 게 두 번째 이유다.

　다온이는 책을 자주 들여다보지만 '독서'를 한 적은 거의 없다. 처음 한두 장을 넘기다 재미있는 발음을 따라 하며 까르르 웃고, 눈알을 요리조리 굴리며 여러 각도에서 그림을 관찰하면 그걸로 끝이었다.

　그러던 다온이가 처음으로 정을 붙인 책이 있는데, 바

로 『아기 돼지 삼 형제』 사운드북이었다. 비록 사운드북이지만 처음으로 마지막 페이지까지 도달한 책이니 다온이 인생에선 나름 기념비적이라 할 수 있겠다. 아마도 사운드북 특유의 기계적인 발음과 페이지를 넘길 때마다 나오는 효과음이 마음에 들었던 것 같다. 아이는 하루에도 몇 번씩 그 사운드북을 들었다.

자폐스펙트럼 아이들에게 사운드북을 쥐어주는 것은 그리 좋지 않다는 걸 알고 있었다. 엄마의 목소리로 엄마와 소통하며 책을 읽는 것이 당연히 좋겠지만 다온이의 24시간을 집중적으로 마크할 수는 없는 노릇이었다. 숫자를 줄 세우거나 방을 뱅글뱅글 돌거나 자동차 바퀴만 굴리는 것보단 사운드북이 낫겠지 싶어 내버려두었다.

『아기 돼지 삼 형제』 사운드북에 꽂힌 지 한 달째, 다온이는 구연동화 전문가가 되었다. 『아기 돼지 삼 형제』 이야기를 통째로 외운 것이다. 다온이는 앉으나 서나 집에서나 길에서나 전기수라도 된 양 이야기를 떠들어 댔다. 첫째 돼지가 짚으로 집을 짓고 난 후 "후아암~ 간단하네, 잠이나 자야겠다"라고 하는 대사를 따라 할 때는 실제로 하품을 하고 눈을 비비며 졸린 시늉을 했다. 늑대가 "안 되겠어. 굴뚝으로 들어가야겠군!" 할 때는 비장한 말투로 목 긁는 소리를 내며 인상을 과장되게 찌푸렸다.

이야기가 상당히 입맛에 맞았나 보네? 본인도 삼 형제라 더 공감되었던 걸까? 드디어 서사를 이해할 수 있게 된 걸까? 어쩌면 이제 독서가 가능한 수준으로 아이의 언어능력이 발달한 건 아닐까? 희망 회로를 요리조리 굴리던 나는 자꾸만 치켜 올라가는 입꼬리를 주체하지 못하며 다온이에게 물었다.

"다온아, 『아기 돼지 삼 형제』 좋아?"

"응, 좋아!"

"어떤 점이 좋아?"

"엄마! 조용히 하세요!"

다온이는 대답하기 힘든 질문을 받으면 상대방에게 "조용히 해"라고 말하고는 자리를 떠버린다. 도망가는 다온이를 붙잡고 물었다.

"다온아, 엄마도 『아기 돼지 삼 형제』가 너무 궁금해. 엄마에게 책 좀 읽어줄래?"

"좋아!"

아이는 싱글벙글 웃으며 『아기 돼지 삼 형제』를 읊기

발달은 느리고 마음은 바쁜 아이를 키웁니다

시작했다. 억양, 속도, 쉬어가는 구간까지 사운드북의 복사판이었지만 이상하게도 신명 나고 구성진 목소리였다. 내가 일부러 책장을 넘기지 않고 있으면 "엄마! 다음으로 넘겨야지!" 하고 핀잔을 주기도 했다. "딴, 따란!" 종료음까지 실감 나게 연기한 다온이는 칭찬받을 준비가 다 되었다는 듯 눈을 동그랗게 치켜뜨며 어깨를 으쓱했다.

"어때, 멋지지?"

"와, 다온이가 책을 정말로 재미있게 읽어주었구나."

이 기세를 몰아 너를 독서의 세계로 인도해 주마. 다온이가 책 내용을 얼마나 이해했는지가 궁금했던 나는 셋째 돼지의 벽돌집을 손가락으로 가리키며 물었다.

"다온아, 그런데 이 벽돌집은 누구의 집이야?"

다온이는 1초의 망설임도 없이 큰소리로 대답했다.

"늑대 집!"

오 마이 갓. 아들아, 책 한 권을 달달 외도록 넌 도대체 뭘 들은 거니. 벽돌집이 늑대 집이라는 걸 보니 넌 이야기의 흐름을 하나도 따라가지 못했구나.

"늑대 집이라고요?"

난 일부러 과장된 목소리로 말했다. 다온이는 자신이

틀린 걸 눈치챘는지 "엄마! 조용히 해요!"라고 말하곤 건조기 소리가 나는 방향으로 달아나 버렸다. 그 뒷모습이 우습고 서글펐지만 저토록 신나게 구연동화를 했던 아이 앞에서 실망한 기색을 내비치고 싶지 않았다. 넌 그런 아이지. 놀랍고 엉뚱하고 귀엽고 안쓰럽고 똑똑하고 멍청한, 사랑하는 내 아들. 비록 벽돌집이 셋째 돼지 집이라는 건 몰랐지만 내 말의 뉘앙스에서 네가 틀렸다는 걸 알아차리다니 큰 발전인걸?

사운드북이 아이를 독서의 길로 인도해 주길 내심 기대했으나 전문가들이 말리는 데는 역시나 다 이유가 있는 법. 그래도 다온이가 흥미를 붙인 책이 생겼다는 것 자체는 고무적인 일이다. 함께 책을 한 장 한 장 넘기며 그림 하나하나 손가락으로 꼭꼭 짚어가며 엄마 한 줄, 다온이 한 줄 다시 재미있게 읽어보자. 언젠가는 네가 벽돌집은 셋째 돼지 집이라고 말해주겠지.

발달은 느리고 마음은 바쁜 아이를 키웁니다

외부 세계에

눈을 뜨다

자폐스펙트럼 아이에게 등산은 좋은 운동이자 치료다. 생각을 하며 신체를 움직여야 하니 뇌 기능이 좋아지고, 전신을 골고루 써야 하니 협응력이 향상되며, 넘어지지 않고 중심을 유지하며 걸어야 하니 자기 조절력과 주의력을 기를 수 있다.

숲은 감각이 예민한 다온이에게 과하지 않으면서도 다양한 자극을 준다. 생활 소음 가득한 번화가가 아닌 선선한 바람이 불고 작은 생명들이 노니는 숲. 적당한 소리와 정적,

평화로운 풍경, 자연의 냄새, 조용히 살아 움직이는 생명들. 조그만 자극에도 쉽게 산만해지고 흥분하는 다온이에게 숲은 무해하고 편안한 곳이다. 타인에게 피해를 주거나 눈총을 받지 않고 평화롭게 놀 수 있기 때문이다.

다온이는 자기 관심사에만 몰두해서 주변을 살피지 못하는 자폐 성향과 외부 자극에 쉽게 산만해지고 자기 조절이 어려운 ADHD의 성향을 모두 지니고 있다. 그런 다온이에게 등산은 가족과 할 수 있는 최고의 재활이다. 무게를 실어도 흔들리지 않을 단단한 바위가 어느 것인지 판단하는 것, 얼마만큼 발을 뻗어야 그 바위에 닿을지를 가늠하는 것, 울퉁불퉁한 길에서 넘어지지 않도록 몸의 균형을 잡는 것. 이 모든 게 전정감각 발달이 느린 다온이에게 필요한 훈련이다.

이런 이유로 우리 부부는 다온이를 숲에 자주 데려갔다. 주변을 요리조리 둘러보고 "이건 무슨 풀이야?" "이건 무슨 곤충이야?" "이거 집에 가져가도 돼?" 하며 끊임없이 재잘대는 첫째와 달리 다온이는 늘 땅만 보고 걸었다. 그 어떤 것도 신기해하지 않고 어떤 풍경과 생명체에도 관심 갖지 않았다. 나비를 잡으려고 잠자리채를 들고 뛰어다니는 아이, 솔방울이나 도토리를 줍는 아이, 곤충이나 개미를 관찰하는 아이들 틈에서 다온이는 땀을 줄줄 흘리며 땅만 보고 걸었다.

'다온아, 너에겐 이 숲이 보이지 않니? 나비의 날개짓과, 올챙이의 활기찬 유영, 햇빛처럼 쏟아지는 매미의 울음. 이 모든 게 하나도 신기하지 않니?'

차라리 힘들다고 투덜거리거나 업어달라고 졸랐더라면 "우리 아들 정말 잘하고 있어. 조금만 더 힘내자"라고 말하며 꼭 안아주었을 텐데. 다온이는 눈 질끈 감고 쓴 약을 삼키듯 밀린 과제를 꾸역꾸역 해내듯 땅만 보고 걸었다.

'안 가겠다고 떼쓰지 않는 게 어디야. 균형이 무너지지 않고 걷는 게 어디야. 소리 지르거나 드러눕지 않는 게 어디야' 하고 위안하며 함께 숲을 거닌 시간이 어언 2년째. 얼마 전부터 다온이는 고개를 들어 주변을 살피기 시작했다. 다온이가 수십 번씩 갔던 그 숲에서 많고 많은 개미 중 한 마리를 '드디어' 찾아냈을 때 우리 부부는 얼마나 기뻐했던가.

첫째가 "엄마, 여기 개미가 많아!"라고 말하자 다온이는 "개미? 개미는 어디 있어?"라고 특유의 단조로운 음으로 되물었다. 깜짝 놀랐다. 다른 사람의 대화에 끼어드는 일이 좀처럼 없는 아이이기 때문이다. (물론 대화의 주제와 상관없이 자기 말만 하는 경우는 많다.) 타인이 자신에게 건네는 말과 주변

소음을 구분하지도 못했던 아이가 형의 말을 듣고서 그 주제로 질문을 던지다니!

"다준아, 다온이가 물어보잖아. 얼른 대답해 줘."

"다온아, 개미 여기 있잖아. 네 발 밑에."

동생이 남들과 다르다는 것을 막연하게나마 아는 첫째는 얼른 동생에게 대꾸해 주었다.

"엄마, 개미 잡아도 돼?"

다온이가 물었다. 네 눈에 드디어 개미가 들어왔구나. 정말 잘했어. 정말 기특하구나.

"그럼, 되지. 대신에 세게 잡으면 안 돼. 세게 잡으면 개미가 다치거나 죽게 되거든."

"그래? 개미 아파?"

"다온이가 세게 잡으면 아파."

"다온이는 세게 잡으면 안 돼?"

"그래 다온아, 살살 잡아봐."

다온이는 웅크리고 앉아 엄지와 검지로 오케이 모양을 만들었다. 뻗은 손이 개미와 가까워지자 다온이의 두 손가락이 파르르 떨렸다. 한참 걸려 오른손으로 개미를 잡은 다온이는 왼손바닥에 개미를 올려놓는 데 성공했다.

"엄마, 보세요!

"우와, 우리 다온이가 개미 잡았네. 정말 잘했다. 손에 느낌이 어때?"

"어? 개미 떨어졌네?"

"무서워서 도망갔나 봐. 개미가 집에 갈 수 있게 인사해 주자. 개미야, 안녕."

"개미 안녕."

다온이는 달아나는 개미를 두고 쿨하게 등을 돌렸다.

"여보, 다온이 간다. 얼른 따라가."

"그래."

그 순간 눈이 마주친 우리 부부는 서로의 눈에서 지난 세월을 보았다. 말하지 않아도 알 수 있었다. 우리 부부가 이 순간을 얼마나 놀라워하고 기뻐하고 있는지. 좁은 등산로에서 우리는 앞뒤로 살며시 손을 잡았다. 남편은 내 손을 꾹꾹 두 번 힘주어 잡았다가 놓았다.

'우리 다온이가 드디어 숲에서 개미를 발견했어. 앞으로 더, 더 많이 데리고 다니자.'

앞서가는 남편을 스치고 간 바람이 뒤따라가는 나에게 그의 마음을 전해주었다. 내 마음도 아마 전해졌을 것이다.

다온이는 다시 평소처럼 땅만 보고 걷기 시작했다. 그래도 나는 끊임없이 아이에게 말을 걸었다.

"다온아, 저기 좀 봐. 나무가 동그랗고 기다랗지? 저건 대나무라고 해. 푸바오가 먹는 거잖아."

"다온아, 까치가 깍깍 우는 소리 들려? 저기 나무 위에 앉아 있잖아. 머리와 꼬리는 까맣고 배는 하얀색이야."

아이는 여전히 대답이 없었지만 이제는 안다. 다온이는 조금씩 귀를 열고 있다. 눈을 뜨고 있다. 시선을 돌리고 있다. 아무리 애타게 외쳐도 내 언어는 아이에게 닿지 못하고 메아리처럼 흩어지던 시절은 지났다. 그 시절을 견뎌낸 나에게, 그런 나를 단단히 받쳐준 남편에게, 대답 없는 다온이에게 무수히 말을 걸어준 첫째에게, 그 시절을 뚜벅뚜벅 걸어 비로소 지나온 다온이에게 정말로 감사하다.

고개를 들어봐,

노을이 무지갯빛이야

강박, 그놈의 강박. 강박이 있는 아이의 마음은 대체 어떻게 대해야 할까? 다온이는 살면서 단 한 번도 해질녘까지 밖에 있어본 적이 없다. '해지기 전에 집에 들어가야 한다'는 강박이 있기 때문이다. 구세대 아버지 같은 꼬장꼬장한 고집은 대체 뭐람?

'이불 밖은 위험해!'가 삶의 원칙인 사람이 다온이다. 다온이는 집 밖은 안전하지 못하다고 생각한다. 안전하지 않은 곳에 있을 때 날이 어두워지면 극도의 불안감을 느낀다. 어

둘이 자신을 공격하기라도 할 것처럼. 그 덕에 우리 가족은 여행을 떠나도 불꽃놀이를 하거나 야경을 볼 수 없었다. 빼액빼액 호루라기 소리를 내는 다온이를 감당할 자신도 없거니와 아이가 두려워하는 것을 억지로 대면시키고 싶지도 않았기 때문이다. 이 강박은 우연한 사건을 계기로 깨어지게 되었다. 경주 여행 중의 일이었다.

선선한 초가을 날, 저녁 해가 경주의 낮은 능선 위로 슬그머니 몸을 누이던 무렵이었다. 바람은 서늘하고 다정했다. 하늘에선 잠자리가, 바닥에선 여치가 어지러운 포물선을 그리며 돌아다녔다. 첫째는 제 손에 잡힐 리 없는 잠자리를 쫓아 이리저리 뛰어다녔다. 다온이는 풀숲에서 여치가 튀어나오면 소리를 지르며 도망가면서도 까르르 웃었다. 즐거운 순간이었지만 신데렐라처럼 연거푸 시계를 확인해야 했다. 날이 어둑해지면 다온이의 불안이 갑자기 치솟을 것이 분명했기 때문이다.

"곧 어두워질 것 같은데 이제 그만 정리할까?"

돗자리를 정돈하려 할 때였다. 첫째가 반대편에서 걸어오는 여자아이를 가리키며 "어! 솜사탕이다!" 하고 외쳤다.

발달은 느리고 마음은 바쁜 아이를 키웁니다

"뭐? 나도 솜사탕!"

두 형제는 사이좋게 솜사탕에 꽂히고 말았다.

"솜사탕! 솜사탕!"

솜사탕을 든 여자아이가 알려준 솜사탕 트럭의 위치는 우리가 가야 할 주차장 방향과 반대 방향이었다. 한참을 걸어서야 발견한 솜사탕 트럭 앞엔 관광객들이 줄을 길게 늘어서 있었다. 속으로 '망했다' 싶었다. 솜사탕을 기다리다 해가 넘어갈 것 같았다.

"지금이라도 돌아갈까?"

내가 복화술로 묻자 남편은 음소거 모드로 대답했다.

"아냐. 해가 지더라도 이번에 한번 정면 돌파 해보자. 우리가 신데렐라도 아니고 언제까지나 이럴 수는 없잖아."

긴 기다림 끝에 솜사탕을 받아든 아이들은 신이 나 폴짝폴짝 뛰었다. 솜사탕을 받아 들고 촐랑거리며 온 길을 되돌아가던 다온이가 갑자기 툭, 태엽 풀린 인형처럼 굳어버렸다.

"안 돼! 밤이 되려고 하잖아!"

어스름이 오는 걸 눈치 챈 거다.

"밤이 되면 안 돼. 밤이 되면 다온이는 집에 갈 수 없어. 무서우면 다온이는 걸을 수 없어."

"다온아, 아직 밤이 아니야. 해가 지고 달이 떠야 밤이 되는 거야. 아직 해가 지지 않았어. 힘내서 얼른 걷자."

"아니야! 밤이 되면 집에 있어야 해. 밤이 되면 무서워서 걸을 수 없어!"

"싫어도 걸어야 해. 지금부터 씩씩하게 걸으면 밤이 되기 전에 도착할 수 있어."

긴 실랑이 끝에 아이는 남편과 내 손에 양 팔뚝이 잡힌 채 질질 끌려가듯 걸었다. 팔뚝이 잡혀 있으면서도 손바닥으로 두 눈을 꼭 가렸다. 날이 어두워지는 걸 눈으로 확인할 바에는 차라리 앞을 안 보고 걷겠다는 듯이. 눈을 감고 걷던 다온이는 스텝이 엉켜 넘어졌다. 아이는 넘어진 자리에 결국 드러눕고 말았다.

"다온이는 무서워서 걸을 수가 없어! 밤이 되면 안 돼! 밤이 되면 집에 갈 수가 없다고!"

첫째는 '또 시작이네' 하는 표정으로 한숨을 쉬었다. 기운이 빠졌다. 원망스럽고 지긋지긋했다. 행인들의 시선이 느껴졌다. 스쳐가는 시선일 뿐인데도 벌침에 쏘인 듯이 콕콕 아팠다. 모처럼 즐겁고 단란한 한때였는데…. 하루라도 그냥 넘어가 줄 수는 없는 거니? 다온이가 일부러 그러는 게 아니

발달은 느리고 마음은 바쁜 아이를 키웁니다

라는 걸 알면서도 미웠다. 한편으론 해가 지는 것조차 저렇게 두려워하는 아이가 안쓰러웠다. 저런 강박과 불안을 안고 평생을 살아가야 할 저 아이는 얼마나 괴로울까.

그때였다.

"어? 엄마! 하늘 좀 봐! 노을이야."

첫째 다준이가 하늘을 가리켰다. 첫째의 손가락을 따라 하늘을 올려다보았다. 경주의 낮은 능선 위로 노을이 붉게, 노랗게, 푸르게 여울지고 있었다. 거장이 오일 파스텔로 대충 그린 것 같은 아름답고 마법 같은 풍경이었다. 그 순간, 나의 역할을 깨달았다. 엄마가 마법사가 될 시간이었다.

"와! 하늘빛이 정말 예쁘다! 빨강, 주황, 노랑, 파랑… 어? 보라색도 있네?"

"뭐? 무지개 색?"

다온이는 얼굴을 가린 두 손을 내리고 비로소 눈을 번쩍 떴다. 나그네의 외투를 스스로 벗게 한 햇빛 같은 마법의 주문이었다.

"엄마! 하늘이 무지개 색이야!"

다온이는 고개를 들어 노을 진 하늘을 바라보며 외쳤다. 아이의 눈이 동그래졌다. 동그란 눈을 따라 콧구멍도 동그래졌다. 다온이는 앞니 빠진 잇몸을 드러내며 헤벌쭉 웃었다. 아이가 태어나서 7년 만에 처음으로 응시한 저녁 하늘이었다. 마법의 열쇠는 무지개였다. 다온이의 취미이자 사랑이자 유일한 친구인 무지개.

"엄마! 색깔들이 줄을 안 섰어! 봐봐, 무지개는 이렇게 생겨야 되잖아."

다온은 검지를 번쩍 들어 자신이 그릴 수 있는 가장 크고 멋진 포물선을 그렸다.

"무지개야! 한 줄 기차 해야 돼! 흩어지면 출발할 수 없어!"

흩어진 무지개라니! 내가 태어나서 들어본 표현 중 가장 아름다운 언어였다.

"다온아, 다준아, 하늘이 너무 예쁘지 않니?"

"엄마! 틀렸어! 무지개는 빨강, 주황, 노랑, 초록, 파랑, 남색, 보라잖아! 초록색이 없어!"

"저편 언덕이 초록색이잖아. 초록색도 있어. 순서대로가 아니어도, 동그란 모양이 아니어도 정말 예쁘지 않니?"

"그건 안 돼. 무지개는 순서대로 있어야 돼. 빨강, 주황, 노랑, 초록, 파랑, 남색, 보라."

다온이는 단호하게 고개를 저었다. 하지만 아이는 무지

갯빛이 마구잡이로 흩어진 저녁 하늘이 썩 마음에 든 모양이었다.

"다온아. 하늘을 보면서 눈뜨고 손잡고 걸어보자. 하나도 안 무서울 거야."

"다음엔 안 돼."

"그래, 그래. 오늘만이야."

아이는 엄마 아빠의 손을 꼭 잡고 하늘을 응시하며 한 발 한 발 조심스레 내딛다가 이내 여치처럼 폴짝폴짝 뛰어올랐다. 숙소에 도착한 다온이는 "우리가 해냈어!"라고 외쳤다. 나는 함께 호들갑을 떨며 하이파이브를 청했다. 아이는 기꺼이 웃으며 단풍잎 손을 짝 하고 마주쳐 주었다.

비로소 생각했다. 아이는 때때로 나와 다른 세상을 살지만, 자신의 세상과 엄마의 세상의 공통점을 찾기 위해 부단히 노력 중이라고. 우리는 점점 더 많은 공통점을 찾을 수 있을 거라고. 우리는 각자의 평행곡선을 달리는 것이 아니라고.

1도면 충분하다. 그래, 딱 1도의 기울기만큼이면 된다. 그럼 아무리 늦어도, 오래 걸려도 우리의 세계는 점점 가까워지고 있는 거니까.

넌 대체 커서

뭐 해 먹고살래?

"너는 커서 뭐가 되고 싶니?"

어린 시절 장래희망에 대한 질문을 받으면 많은 꿈 중에 무엇을 골라야 할지가 고민이었다. 일기를 쓸 때면 작가가 되고 싶었고, 그림을 그릴 땐 만화가가 되고 싶었고, 학교에서 칭찬이라도 받는 날엔 선생님이 되고 싶었다.

꿈에 부풀어 어른이 된 내 모습을 상상하던 때와 달리 다온이의 미래를 생각하는 건 주로 막막하고 두려운 일이었다. 모든 장애아 부모가 그렇듯 나의 가장 큰 바람은 다온이

발달은 느리고 마음은 바쁜 아이를 키웁니다

의 자립이었다. 사춘기가 된 다온이, 어른이 된 다온이를 상상하면 아득했다가 아찔했다가 한다. '갈 길이 머니 조급해하지 말자' 싶다가도 '이럴 때가 아니야. 정신을 바짝 차려야지' 싶기도 하다.

극소수의 자폐인이 그렇듯 한 분야에 특출난 재능을 보여준다면 고맙겠지만, 우리 아이가 그 경우에 해당될 가능성은 희박하다는 걸 안다. 아주 소박하고 단순한 노동이어도 좋으니 제 밥벌이를 할 수 있게만 된다면 얼마나 좋을까? 타인에게 폐를 끼치거나 무시당하지 않고 자기 생계를 꾸려나갈 수만 있다면….

다온이의 언어능력과 상황인지능력은 느리지만 한 해 한 해 성장하고 있다. 어쩌면 6년 후엔 장애인 등록에서 탈락한 '미등록 장애인'이 될지도 모른다. 다온이는 지금 장애인과 비장애인의 경계 어딘가에 서 있다. 남은 한 발을 어느 쪽으로 옮기게 될지는 다온이에게 달렸기도, 부모의 노력에 달렸기도, 또 국민연금공단의 심사 기준에 달렸기도 하다.

다온이가 어느 쪽에 속하게 되더라도 자립해 살아갈 수 있도록 대비해야 한다. 내게, 다온이에게 그럴 능력이 있을까? 이 아이가 직업을 가질 수 있을까? 다온이가 잘하는 건 뭘까? 우리 아이에게 돈이 될 만큼의 쓸모 있는 능력이 있기는 할까? 학교생활, 대입, 군입, 취업… 다온이를 기다리는 무수한 문턱들이 두려워서 때론 차라리 다온이가 평생 장애인 등록을 유지한 채 살 수 있으면 좋겠다고 생각하게 된다. 그러면 최소한 국가에서 주는 장애인 복지 혜택은 받을 수 있을 테니까. 그런 생각을 할 때마다 서글퍼지곤 했다.

한 일식집에서 식사할 때의 일이다. 사장님이자 셰프님이 혼자 운영하는 작고 조용한 일식당이었다. 남편과 나는 덮밥을, 아이들은 우동과 튀김을 시켰다. 다온이는 우동을 젓가락으로 건져 먹으려 애썼다. 포크를 쓰라고 권했지만 형처럼 젓가락을 쓰겠다고 고집을 피웠다. 미끈한 면발이 몇 번이고 젓가락 사이로 미끄러졌다. 다온이는 화를 내며 젓가락을 바닥에 던졌다. 조용한 식당에서 '팅! 팅!' 하고 두 개의 젓가락이 바닥에 부딪히는 소리가 울렸다. 식사를 하던 손님들의 이목이 일순간 집중되었다. 셰프님과 눈이 마주친 나는 죄송하다며 고개를 꾸벅 숙였다. 괜찮다는 의미로 따뜻한 눈웃음을 보내주셨다.

우동을 건져 먹는 데 실패한 다온이는 식사를 거부했

다. 우리 테이블을 곁눈질로 살피던 셰프님은 "우동이 아이 입맛에 안 맞나 봐요" 하며 후리카게를 뿌린 밥 한 공기를 서비스로 주셨다. 그 호의가 무색하게 다온이는 밥을 손으로 집어 경단처럼 동그랗게 만들기 시작했다. 손톱만 한 쌀밥 경단이 다온이 앞에 줄지어 늘어섰다. 다온이는 기차 노래를 흥얼거리며 자신의 작업을 이어갔다.

"다온아, 밥을 손으로 주무르면 안 돼."

"싫어!"

작고 조용한 식당에 다온이의 외침이 울렸다.

"다온이가 식당에서 소리를 질러서 오늘은 이만 집에 가야겠다."

다온이 들으란 듯이 말한 뒤 자리에서 일어나 테이블을 정리하는 시늉을 했다. 그 모습을 본 셰프님은 주방에서 나와 우리 테이블로 걸어오셨다. 나와 아이를 번갈아 보시던 셰프님의 시선이 다온이의 쌀밥 경단으로 옮겨 갔다.

"오호라! 고놈, 커서 초밥 장인 되겠네요. 우리 아들 실력보다 나은데? 하하하."

그 호탕한 웃음소리를 듣고서야 나는 다온이의 작품(?)을 제대로 응시했다. 다온이가 줄 세운 동그란 밥 경단은 바둑돌처럼 동그랗고 반질반질하고 균질했다.

"장인정신을 가진 친구네요. 입맛에 안 맞는 게 아니라면 천천히 식사하고 가시죠."

그 작은 농담 한마디에 화나고 서러운 마음이 눈 녹듯 녹았다. 아이의 문제행동을 따뜻한 시선으로 바라봐 주는 이웃이 있다는 사실이 감사했다. 누군가 다온이에게 농담으로라도 '넌 커서 이거 하면 잘하겠다'고 말해준 것은 처음이었다. 내가 무안하지 않도록 배려한 말씀이겠지만 그래도 좋았다. 의학적 잣대로 '제한되고 반복적인 관심사와 행동'에 속하는 아이의 하찮은 취미들도 시선을 조금만 달리하면 '장인정신'이 될 수 있는 거였다. 어쩌면, 정말 어쩌면 우리 다온이만이 할 수 있는 일이 세상 어딘가에 있을지도 모른다는 희망이 피어올랐다.

맛있게 식사를 마치고 식당을 나서는 길에 남편에게 말했다.

"여보, 있잖아. 이렇게 넓은 세상에 우리 다온이가 할 수 있는 일이 하나쯤은 있지 않을까?"

남편은 "그 당연한 사실을 이제야 알았어?"라고 말했다. "그러게, 왜 이제야 알았을까." 내가 쓸쓸하게 웃자 남편은 이

발달은 느리고 마음은 바쁜 아이를 키웁니다

제라도 알았으니 되었다고 말하며 내 손을 꼭 잡았다. "고놈, 커서 초밥 장인 되겠네요." 그 말 한마디는 오래도록 내 가슴에 온기로, 위로로, 희망으로 남았다.

우린 아직 찾지 못했을 뿐인지도 모른다. 아이의 세상과 현실 세계의 접점을. 멀리 돌아가더라도, 오래 걸리더라도 포기하지 않고 찾아가면 된다. 그리고 그 접점 근처의 어딘가에 우리 다온이의 '일'이, 세상에 다온이가 기여할 수 있는 '일'이 있을 것이다.

3장

피해의식과 더불어

살아가는 연습

'각성'이란 깨어 있는 상태, 즉 주변의 상황을 인지하고 사리를 분별할 수 있는 적정한 정신 상태를 말한다. 다온이는 각성 조절이 미숙하다. 각성 조절에 어려움이 있다는 것은 각성이 너무 높거나 너무 낮은 상태라는 게 아니다. 적정한 각성 상태를 유지하지 못하고 지진 주파수처럼 각성이 오르내린다는 의미다.

다온이는 각성이 낮을 땐 백일몽에 빠진 아이처럼 눈에 초점이 없고 의식이 또렷하지 않다. 불러도 대답이 없다. 그러다 각성이 점점 높아지면 흥분을 주체하지 못하고 높은 곳에서 폴짝폴짝 뛰어내리거나 제자리를 빙빙 돈다. 옆 사람을 밀거나 소리를 지르는 문제행동도 한다.

사실 더 어릴 적의 다온이는 어린이집에서 트러블을 거의 일으키지 않았다. 남에게 관심 자체가 없었기 때문이다. 어린이집에는 다온이만의 공간이 있었고 아이는 그 공간에서만 머물렀다. 다온이의 주변에는 보이지 않는 바리케이트가 있었다. 아이는 그곳에서 일과 시간 내내 머물며 종이에 숫자를 쓰거나 알파벳이 적힌 책을 들여다보곤 했다. 아이는 자신의 영역에 누군가 다가오면 소리를 지르고 화를 내어 친구들의 원성을 사곤 했다. 하지만 3월이 지나면 더 이상 아무도 다온이에게 다가오지 않았고 그 문제는 자연스럽게 수면 아래로 가라앉았다. 다온이는 함께 있어도 혼자였고, 늘 '외로된 사업에 골몰'했다.

피나는 노력의 결과인지 자연스러운 성장인지 알 수 없으나, 5살이 되자 아이는 또래에게 관심을 보이기 시작했다. 놀라운 발전이고 성과였고 기쁨이었다. 하지만 언어수준도 인지능력도 사회적 기술도 또래보다 한참 부족한 탓에 친구들의 대화나 놀이에 낄 수 없었다. 친구에게 관심이 생겨도 여전히 외톨이인 다온이는 또래 놀이를 방해하는 방식으로 주변의 관심을 끌어내려 했다. 좋아하는 친구 주변을 뱅뱅 돌고 친구들이 가지고 노는 장난감을 무너뜨리고 친구들을 밀쳐 넘어뜨린 뒤 도망치곤 했다. 부정적인 피드백이 시작된 건 그때부터였다.

친구들 입장에서 얼마나 불편하고 괴로울까. 아이 부모 입장에서도 얼마나 속상할까. 하루에도 몇 번씩 중재하고 훈육해야 하는 선생님도 얼마나 힘드실까. 안다. 다 우리 아이의 잘못이다. 자기 혼자 뛰고 굴리는 건 그렇다 쳐도 놀이를 방해하거나 친구의 신체를 건드리는 건 명백한 잘못이다. 다온이가 혼나는 것도 부모인 내가 욕을 먹는 것도 당연하다.

미운 아기 오리, 말썽꾸러기, 방해꾼, 천둥벌거숭이…. 다온이의 문제행동이 원망스럽다. 잘못된 행동을 고치지 못하는 다온이가 밉다. 다온이를 미워하는 내가 싫다. '엄마조차 미워하는 아이를 누가 사랑해줄까?'로까지 생각이 미치면 내 인생도 다온이의 인생도 망한 것 같다.

다온이가 불쌍하다. 다온이는 고의로 친구를 괴롭히는 게 아니다. 친구랑 어울리고 싶은데 어떻게 해야 할지 몰라서 자신이 할 줄 아는 (잘못된) 방식으로 상호작용을 시도하는 거다. 자신의 행동이 잘못된 줄은 알지만 그 대신에 어떤 행동을 해야 하는지를 알지 못한다. 아무리 가르쳐도 일상생활에서 활용하지 못한다. "친구를 밀지 말고 사이좋게 노는 거야"라는 쉽고 당연한 말은 다온이에겐 '산 꼭대기까지 헤매지 말고 알아서 찾아가'라는 말처럼 막연하고 어려운 말이다.

하루는 놀이터에서 어떤 아이의 엄마가 다온이에게 화를 냈다. 충동성을 조절 못한 다온이가 친구를 밀었기 때문이다.

"친구를 왜 밀었어? 왜 말을 안 해? 친구를 밀면 돼, 안 돼?"

아이 엄마는 앙칼진 소리로 말했다. 다온이는 시선을 피하며 깔깔 웃었다. 자폐아이 특유의 회피 반응으로, 다온이가 당황해서 어쩔 줄 모를 때 나오는 행동이다. 혼나는 상황에서의 적절한 반응을 아무리 가르쳐도 나아지지 않는다. 다온이가 딴청을 부리며 웃자, 아이 엄마는 어른의 말을 무시하고 조롱한다고 오해했는지 양팔로 다온이의 어깨를 붙들고 시선을 자신 쪽으로 돌리려 했다. 어깨가 잡힌 다온이는 더 크게 웃다가 위기감을 느꼈는지 비명을 지르며 버둥거렸다.

"웃지 말고 말을 해. 왜 못 들은 척해? 왜 친구를 미냐고! 이유도 없이 밀었어?"

보다 못한 내가 모르는 척 "다온아, 무슨 일이야?" 하고 다가갔다. 아이 엄마는 언짢은 기색을 숨기지 않으며 "얘가 우리 애를 밀어 넘어뜨리려 해서요"라고 말했다. 허리를 굽혀 사과했다.

"죄송합니다. 느린 아이입니다. 자기 조절력이 부족하고 눈치도 없고 표현도 서투릅니다. 다시 한번 죄송합니다. 다온이도 미안하다고 해."

다온이는 상황 파악도 제대로 못한 눈치였지만 어쨌거나 "미안해"라고 말했다.

"아, 괜찮습니다. 친구야, 앞으론 그러지 마."

내가 예상보다 더 저자세라고 느꼈는지 아이 엄마는 갑자기 톤이 부드러워지며 그 자리를 떠났다. 속상하고 화나는 기분을 이해한다. 나라도 그럴 수 있을 것 같다. 아이의 의지나 부모의 노력과 상관없이 자기 조절이 어려운 아이들이 있다는 걸 겪어보지 않은 사람은 모른다. 당연하다. 나 역시 몰랐으므로. 다온이가 잘못한 거니까 다온이와 내가 사과하는 게 맞다. 나는 부당한 일을 당한 게 아니다. 하지만 이런 마음이 울컥 밀려 올라온다.

'왜 남의 애 어깨를 잡고 다그쳐? 자기가 선생님이야, 다온이 엄마야 뭐야? 애가 잘못을 했으면 말로 하거나 애 엄마를 찾으면 되지, 왜 남의 애 어깨를 잡고 윽박질러?'

다온이가 일부러 그러는 게 아닌데. 내가 노력을 안 하는 게 아닌데. 죄라면 그저 그렇게 태어난 것뿐인데. 아무리 노력해도 밑 빠진 독처럼 채워지지 않는 것들이 있을 뿐인데. 구토처럼 터져 나온 마음은 피해의식이 되어 흘러넘친다.

'우리 아이도 타인에게 피해 안 주는 사회 구성원이 되기 위해 매일 멀고 먼 치료실에 다니고 하루에도 수십 번씩 상황에 적절한 말을 외우고 연습한다고! 당신이 이 애와 나의 노력을 알기는 해? 나도 억울해. 느린 아이를 낳은 게 내 죄야? 왜 이게 다 내 몫이야? 왜 나만 만날 죄인이야? 그거 알아? 당신들은 그냥 운이 좋은 거라고!'

곪고 곪아 건드리기도 두려운 종기 같은 슬픔들. 피해의식에 꼬리를 물리고 나면 마주하기도 못난 마음들이 곪아 터진 피고름처럼 흘러나온다.

발달은 느리고 마음은 바쁜 아이를 키웁니다

멀쩡하고 번듯한 자식을 낳아 기르는 사람들은 부족한 아이나 그 부모의 마음은 영영 모르겠지. 느린 아이를 통해 더 넓은 세상을 보게 되었다고 떠벌리고 다니지만 사실은 할 수만 있다면 그런 세상 따위 모르고 살고 싶었다. 예전엔 다온이 같은 아이를 보면 타고난 성질이 못되어 먹어서, 부모가 자식 교육을 잘못 시켜서라고 생각했다. 막상 낳아보고 키워보니 그게 아니었다. 그냥 그렇게 태어나는 아이도 있는 거였다.

다온이도 나도 누구보다 열심히 살고 있는데 우리는 점점 뒤처지고 소외되는 것 같다. 아이가 자라는 시간보다 세상의 시간이 늘 더 빠르다. 발달은 그대로인데 몸만 점점 커지면 어쩌지. 지금은 '어려서' 용서되는 것들이 대부분이지만 용인되지 않는 것들이 점점 늘어날 것이다. 학교에 가서도 천둥벌거숭이처럼 여기저기 폐를 끼치면 어쩌지. 충동성을 주체하지 못하고 친구들을 밀치기라도 하면 어쩌지. 매일매일 선생님께 지적받고 혼나면 어쩌지. 질 나쁜 친구들에게 걸려서 괴롭힘이나 따돌림을 당하면 어쩌지….

이상한 일이다. 상처받은 건 '오늘'의 나인데, 상처가 헤

집어진 '과거의 나'와, 앞으로도 상처받을 예정인 '미래의 내'가 합세해 나를 괴롭힌다. "너 참 불쌍하다." "네 인생 참 운도 없다." "이런 생활의 끝이 있긴 할까?" 하며 나를 어지럽게 흔들어 댄다.

멈춰야 하는 걸 아는데, 피해의식에 잠식되어선 안 된다는 걸, 그건 그 누구보다 나 자신에게 가장 해롭다는 걸 아는데 그게 잘 안 된다. 누구에게나 각자의 고통이 있고 모두가 자신의 지옥과 싸우고 있다는 걸 안다. 스스로를 불쌍히 여기는 인간은 앞으로 나아갈 수 없다는 것도 안다.

늘 다짐했었다. 미래를 함부로 단정 짓지 말자고. 우리의 앞날이 어떤 모습일지는 알 수 없지만 어쨌거나 우리는 더 나은 삶을 그리며 나아가야 한다고. 지금보다 더 나은 '삶'이 없다면 최소한 지금보다 더 나은 '내'가 되기 위해 살아가야 한다고. 하지만 아주 작은 균열 하나로 쩌억 하고 깨져버리는 유리창처럼, 꽁꽁 싸매고 단단하게 매듭지어 놓은 나의 마음도 작은 바늘 하나로 주욱 하고 찢어지고 와르르 쏟아져 내리는 거다.

담백하고 자명한 사실 하나를 깨닫는다. 다온이는 이미

나의 피해의식과 자격지심이 되었다. 나는 타인의 타당한 문제 제기와 악의 없는 말과 행동, 시선, 때로는 관심과 조언에서조차 상처받는 사람이 되고 말았다. 마음속 깊은 곳에 지옥이 생겨버렸다. 기적처럼 다온이가 낫지 않는 한 이전의 나로는 돌아갈 수 없을 것이다. 내가 할 수 있는 일은 그저 그것을 잊지 않고 살아가는 일이다. 내 생채기를 스스로 헤집지 않고, 타인의 악의 없는 말에 가시를 드러내지 않고, 내 피해의식을 다른 사람이 이해해 주길 바라지 않는 것. 즉 '피해의식과 더불어 살아가는 일' 말이다.

정신과 약물치료는

두더지 잡기다

조기 약물치료를 시작했다. 어린이집에서 보이는 문제행동을 조절하기 위해서였다. 소아정신과 두 곳에서 상담을 받았다. 주로 충동성과 불안, 감정기복에 대한 내용이었다. A병원에서는 아빌리파이를, B병원에서는 메디키넷을 처방했다.

인터넷으로 '아빌리파이'를 검색하니 조현병 치료제였다. 조현병이란 세 글자에 마음이 쿵 내려앉았다. 내 아이가 조현병 치료제를 처방받다니. 고작 6살 아이인데. 조금 더 알아보니 아빌리파이는 뇌의 도파민 분비를 조절해 주는 약물로, 소량을 복용할 경우 불안장애나 과민증에도 효과를 보이는 약이었다. B병원에서 받은 메디키넷은 ADHD 치료제로, 중추신경을 자극해 집중력을 끌어올리는 일종의 각성제였다.

다온이의 충동성의 원인이 불안이냐 산만함이냐에 대한 견해 차이에서 처방이 갈린 것 같다. 마음의 불안을 잡아 그로 인한 방어기제를 낮춤으로써 충동성을 조절하는 것이 첫 번째 의사의 처방이고, 집중력을 끌어올려 이성으로 충동적 감정을 조절할 수 있게 하는 것이 두 번째 의사의 처방이었다.

아빌리파이는 불안을 낮춰주는 약답게 신체대사를 전반적으로 천천히 흐르게 한다. 따라서 졸음, 무기력증이 생길 수 있고 식욕이 늘고 살이 찔 수 있다. 메디키넷은 뇌를 각성시켜 자기 조절력을 잃지 않도록 돕는 대신 불면, 불안, 강박, 짜증, 틱, 식욕부진이 생길 수 있다고 한다.

두 약의 부작용을 비교해 보면 아빌리파이가 훨씬 안전한 약이었다. 자폐 성향의 아이에게는 메디키넷보다 아빌리파이를 먼저 시도하는 게 이 세계의 불문율이기도 했다. 그럼에도 아빌리파이에 대한 내 심리적 저항감은 매우 컸다.

살이 찔 수 있다는 부작용 때문이었다. 인터넷에는 아빌리파이 복용 후 폭식증이 생겼다는 둥, 두세 달 만에 10킬로가 쪘다는 둥 식욕과 체중 증가에 관한 부작용을 호소하는 사례가 빈번했다.

자폐스펙트럼에 ADHD까지 가진 다온이가 뚱뚱해지기까지 하면, 나 외에 누가 이 아이를 예쁘게 바라봐 줄까? 그런 생각을 하니 울고 싶었다. 가뜩이나 친구가 없는 다온이가 혹시라도 외모 때문에 놀림받거나 무시당할까 봐 걱정되었다.

하지만 그 어떤 것도 다온이의 문제행동을 소거하는 것보다 중요하지 않았다. 다온이가 누군가에게 미움을 산다면, 그건 다온이가 뚱뚱해서가 아니라 문제행동을 하기 때문일 것이다. 반복되는 문제행동, 누적되는 부정적 피드백, 친구들의 외면과 사회적 고립, 그로 인해 갖게 될 부정적 자아상… 톱니바퀴처럼 연결된 부정적 경험 끝에 청소년기가 되어 소아우울증을 앓게 된 아이들을 종종 보았다.

약물치료를 결심한 건 선생님을 위해서도 친구들을 위해서도 아니었다. 다온이를 위한 거였다. 흔히들 권장하는 만 6세보다 1년 이상 이른 나이에 말이다. 더 이상 망설이지 말자고 마음을 다잡았다.

결론부터 말하자면 다온이는 아빌리파이에 적응하지 못했다. 심한 기면증이 생겼기 때문이다. 살이 찌는 것을 걱정했지만 의외로 부작용은 기면증으로 왔다. 아이는 밤새 깊은 잠에 들지 못하고 뒤척였고, 때로는 경련을 일으키며 서럽게 울었다. 복용 시간을 아침으로 바꿔보기도 했지만 기면증은 호전되지 않았다. 담당 선생님은 '드물게' 아빌리파이가 안 듣는 아이들이 있다며 메디키넷을 시도해 보자고 하셨다. '부작용 없는 약을 찾으려면 먹을 약이 없을지도 모른다'는 말도 덧붙이셨다.

메디키넷 복용을 시작하자 아이의 안색이 새파래졌고 얼굴에서 표정이 사라졌다. 그 무엇에도 흥미를 보이지 않았다. 엄마에게 쏟아내던 뜨거운 애정표현도 사라졌다. 아이는 말 그대로 고슴도치가 되었다. 국이 조금만 뜨겁거나 옷의 감촉이 거슬리거나 샤워기의 물 온도가 평소와 조금만 달라도 비명을 질렀다. 뭐든 맛있게 먹던 아이가 식사를 거부했다. 홀쭉하고 창백하진 아이를 보고 있자니 억장이 무너졌다.

하지만 순기능도 많았다. 어린이집에서의 문제행동이

잡힌 것이다. 다온이는 더 이상 친구를 밀지 않았다. 단체 생활에서의 활동 수행 능력이 올랐고 눈치가 생겼으며 행동이 빠릿해졌다. 하지만 약물 반감기 이후엔 평소보다 훨씬 심한 불안과 강박을 보였다.

또 다른 불청객도 찾아왔다. 틱이었다. 어느 날 갑자기 다온이는 눈을 비비고 목을 꺾었다. 처음엔 대수롭지 않게 여겨졌지만 눈을 비비는 정도가 점점 심해지니 눈가가 벌겋게 짓물렀다. 핏발 선 눈으로 아이는 밤마다 울었다. 목이 아파 괴로워하면서도 목을 이리저리 꺾어대는 틱을 멈추지 못했다. 하루는 목을 꺾다 담이 걸려서 반나절은 목을 돌리지 못했다.

결국 메디키넷의 부작용을 누르기 위해 '리스페리돈'이라는 새로운 약물을 추가했다. 2주쯤 지나자 틱이 잡혔다. 저녁 무렵 매번 폭발하던 짜증도 줄었다. 문제는 다시 어린이집에서 나왔다. 다온이는 사소한 이유로 단체 활동을 거부하기 시작했다. 말도 하지 않고 움직이지도 않고 서러운 눈물만 흘리며 일과 시간 내내 구석에 쪼그려 앉아 있었다. 리스페리돈은 틱 증상 완화제이기도 하지만 충동성과 감정 폭발을 눌러주는 꽤나 무거운 약이기도 했다. 다온이의 경우 극

소량을 복용했음에도 충동성만 사라진 것이 아니라 호기심, 의욕, 거기다 움직임 욕구까지도 사라진 모양이었다.

　자폐스펙트럼과 ADHD를 함께 가진 아이들은 약물치료에 더 큰 어려움을 겪는다고 한다. 자폐스펙트럼에서 기인한 불안과 강박을 약물로 낮추면 불안이 누르고 있었던 산만함이 더 튀어나오고, ADHD에서 기인한 산만함과 충동성을 조절하는 약물을 쓰면 집중력이 오르는 효과와 함께 불안과 강박이 솟구쳤다.

　다온이가 점점 '다온이다움'을 잃어가는 것 같아서 괴로웠다. 아이가 표출하는 행동과 감정들이 과연 다온이의 것이 맞기는 한 건지 헷갈렸다. 의학 기술이 이렇게나 발전했는데 왜 자폐스펙트럼과 ADHD를 함께 조절할 수 있는 약은 없는 걸까. 마음이 끝없이 침잠했다.

　새로운 증상이 하나씩 추가될 때마다 약도 하나씩 추가되었다. 나중에는 어떤 약이 어떤 효과를 내고 어떤 약이 어떤 부작용을 가져오는지조차 헷갈렸다. 결국 기존의 약을 모두 끊고 새로운 약을 시도하기로 했다.

　새로운 약물을 시도하기 전에 체내에 남은 잔여 약물을

자연 배출하기 위해 약 두 달간의 휴지기를 가지게 되었다. 모든 약물을 끊자 신기하게도 다온이는 금방 예전의 모습으로 돌아왔다. 내가 아는, 내가 사랑하고 미워했던 바로 그 아이로. 애교 많고 잘 웃고 잘 먹는 다온이. 엄마가 너무 좋아 엄마를 껴안고 볼을 부비는, 먹고 싶은 게 많아 냉장고를 뒤지고, 장난기를 어쩌지 못해 치약이나 샴푸를 잔뜩 짜놓고 도망가고, 많이 알지도 못하는 단어로 홀로 쫑알쫑알 떠들어대는… 미운 아기 오리, 천둥벌거숭이, 장난꾸러기, 말썽쟁이 그리고 내가 가장 사랑했던 나의 아이. 그 다온이가 너무 반가워 아이를 껴안고 엉엉 울었다. 할 수만 있다면 약물치료를 그만두고 싶었다. 하지만 어린이집에서는 곧바로 다시 문제행동이 나왔다. 숨이 막혔다. 잠수종에 묶여 깊은 바닷속으로 끌려들어 가는 것 같았다.

알고 있다. 내가 사랑하는 다온이의 모습과 어린이집에서 순응적인 다온이의 모습 중 하나를 택해야 한다면 후자여야 한다는 걸. 가정보육을 할 것이 아닌 이상 기관 생활에서의 문제행동을 최소화하는 방향이 맞다. 사회에서 어울려 살아가려면, 슬프지만 정서적 안정보다 자기 조절력이 더 중요하다는 것도 안다.

정신과 약물치료는 두더지 잡기였다. 약물로 하나의 문제를 소거하면 1+1로 예상치 못한 부작용이 따라온다. 그것을 잡기 위해 또 다른 약물을 추가하면 또 다른 곳에서 변수가 튀어나온다. 아이와 잘 맞는 약을 찾기만 하면 모든 게 해결될 거라 믿었지만 착각이었다. 정신과 약물치료는 '부작용 없는 약을 선택하는 것'이 아니라 '약물의 효능과 부작용 중 우선순위를 선택하는 것'에 가까웠다.

이 생활을 언제까지 해야 하며 얼마나 더 버틸 수 있을지를 생각하면 까마득하다. 맞는 약을 찾을 수 있을까? 우리는 목적지를 향해 가는 중일까, 방향을 잃고 헤매는 중일까? 막막하고 답답하지만 그저 하나하나 겪어보는 수밖에 없다. 더 이상 빗질이 불가능할 만큼 엉켜버린 머리처럼 아무리 빗고 손질해도 마음이 회복되지 않는 나날들이 이어졌다. 그런 때는 '오늘만 잘 버티자'는 마음으로 하루를 살아간다. 밤이 되면 오늘을 잘 버틴 나를 칭찬하고 다음 날 아침엔 또다시 '오늘만 잘 버티자'고 다짐하는 거다. 매일이 오늘 같지는 않을 테니까. 그러다 보면 언젠가는 오늘보단 나은 내일이 올지도 모르니까.

장애아를 형제로 둔

비장애 아이를 함께 키우는 일

아침잠 많은 첫째 다준이가 유난히도 가뿐히 일어난 토요일이었다. 처음으로 첫째에게 '친구들과의 사적인 약속'이 생긴 날. 나로서도 말로만 듣던 '아이 친구 엄마 모임'에 첫 참석하는 날이었다. 약속 장소는 아이들에게도 엄마들에게도 친숙한 키즈카페였다.

"엄마, 그런데 다온이도 같이 가?"

"다온이도 키즈카페 좋아해서 데려가려고 했는데… 네 생각은 어때?"

"음, 괜찮긴 하지만…"

"다온이가 요즘은 약도 잘 먹고 말썽도 안 부려서 친구를 밀거나 불편하게 하지 않으니 걱정 마. 다온이가 혹시라도 말썽을 피우면 엄마가 따로 데리고 놀게."

"다온이가 말썽 부리면 꼭 엄마가 봐야 돼."

"그래, 걱정 마."

다준이는 나에게 두어 번이나 더 다짐을 받고 나서야 다시 행복한 얼굴이 되었다.

막상 가보니 생각보다 큰 규모의 모임이었다. 아이들은 인사하기가 무섭게 키즈카페 안으로 흩어졌다. 한 시간 즈음 지났을까. 주문한 점심 식사가 나왔다. 배가 고파 냉큼 달려오는 다온이와 달리 다준이의 발걸음이 뭉기적거렸다. 아이의 표정이 어두웠다.

"다준이 동생은 왜 손으로 먹어요?"

"응, 아직 6살이라 숟가락질이 서툴러서 그래."

"내 동생은 4살인데도 숟가락으로 먹는데요?"

옆에서 다른 아이들이 한마디씩 보태왔다.

"그런데 다준이 동생은 트램펄린에서도 혼자 깔깔 웃거

나 데굴데굴 굴러다녔어요."

"듣는 사람도 없는데 혼자서 이상한 말도 중얼거렸어요. '1층 다음에 2층, 2층 다음에 3층, 3층 다음에 4층' 이런 말이요."

"기차 탈 땐 새치기도 했어요! 줄 서라고 하니 귀를 막고 못 들은 척했어요."

갑자기 다온이가 화제의 중심이 되어버렸다. 반사적으로 다준이의 표정을 살폈다. 다준이의 표정은 눈에 띄게 굳어 있었다. 싸한 분위기를 읽은 엄마들은 조심스레 자신의 아이를 입단속했다.

"둘째가 조금 느린 아이예요" 하고 나는 말했다. 늦된 애들이 있다며, 발달이 늦었지만 지금은 번듯하게 자란 자신의 사촌, 육촌 내지는 이웃 이야기를 하며 그들은 나를 위로하려 했다. 그 노력과 배려가 고마웠지만 이런 일에 익숙한 나는 위로가 필요 없었다. 신경 쓰이는 건 얼굴이 발갛게 달아오른 다준이였다. 다준이는 나에게만 겨우 들릴까 말까 한 모기 같은 목소리로 말했다.

"내 동생은 나이는 6살인데 마음이 아직 아기라서 그래요."

그 순간 심장이 조이듯 아파왔다. 그 말은 다온이의 문제행동을 이해하기 힘들어하는 다준이에게 내가 매일같이 하던 말이기 때문이다.

"응, 뭐라고?"

친구 엄마가 되묻자 다준이는 "내 동생은 나이는 6살인데 마음이 아직 아기라서 그렇다고요!" 하고 외쳤다. 아이 눈에 눈물이 그렁그렁했다.

"엄마, 나 집에 갈래."

다준이가 그렇게도 고대하던 첫 번째 사교 모임은 허망하고 갑작스럽게 종료되었다. 내 생각이 짧았다. 다온이는 얼핏 봐서는 크게 느린 티가 나지 않는 아이라 괜찮을 거라고 내 맘대로 안일하게 생각했다. 고개를 떨군 다준이에게 너무 미안했다. 나는 무슨 마음에선지 아이가 속상해하는 이유를 짐작하면서도 굳이 물었다.

"다준아, 왜 먼저 집에 가자고 했어? 다온이가 친구들을 불편하게 했어?"

"아니. 다온이는 혼자 놀았어."

"그럼 친구들이 다온이에 대해 뭐라고 해서 속상해서 그래?"

"… 잘 모르겠어."

"다준이 마음을 엄마도 알 것 같아. 엄마도 그런 마음을 자주 느끼거든. 억울한 거 같기도 하고 부끄럽기도 하고 화도 나고 답답하고 그런 마음인 거지? 엄마도 아는 기분이거든. 살다 보면 그런 기분을 느끼는 날도 있어."

"응…."

첫째가 그런 감정을 느꼈다는 게 안타깝고 슬펐다. 앞으로 이런 일이 점점 많아질 거라는 걸 알기에 더 그랬다. 한참을 말없이 걷던 다준이는 "엄마, 이젠 내 친구들 만날 땐 다온이랑 같이 안 가면 안 돼?" 하고 물었다. '그래, 앞으론 네 친구들 만날 땐 엄마랑 너랑 둘이 가자'라고 답하려 했다. 다준이도 어린아이이니까. 아직은 상처 없이, 구김살 없이 키우고 싶으니까.

너에 대한 배려가 부족했다고 미안하다고 말하자. 혀끝으로 말을 굴리고 다듬은 뒤 쪼그려 앉아 아이와 어깨를 맞추었다. 순간, 눈물이 그렁그렁한 다준이의 눈동자와 초점 없이 말간 다온이의 눈동자를 동시에 마주하게 되었다. 흔들었다 터트린 콜라처럼 억눌린 감정이 터졌다.

"다준아, 다온이는… 우리 가족이 아니면 친구가 하나도 없어. 너까지 다온이와 함께 놀기 싫다고 말하면… 다온이는 아무도 같이 놀 사람이 없어. 다온이에겐… 다온이에겐 우리밖에 없어."

'그러자'라고 말해주려 했는데, 앞으로 네 친구를 만날 땐 너만 데려가겠노라고 말해주려 했는데… 이상하게 입에선 전혀 다른 말이 흘러나왔다. 나쁜 엄마. 난 나쁜 엄마다. 내 설움에 북받쳐서 다준이의 상처를 어루만져 주지 못했다. 이 어린아이에게 뭘 바라고 이런 말을 하는 걸까. 더 이상 말을 잇지 못하고 두 아이를 안은 채 주저앉아 울고 말았다.

"엄마, 왜 울어? 내가 다온이는 데려가지 말자고 해서 울어?"

'아니, 아니. 네 표정이 슬퍼서 울어. 네 마음이 뭔지 너무 잘 알아서 그래서 울어.'

"미안해, 다준아. 엄마가 미안해. 다신 안 그럴게. 다신 이런 말도 안 할게."

첫째는 잘못도 없는데 자꾸 나한테 미안하다고 했다. 나는 그게 아니라고, 실수한 건 엄마라고, 너는 잘못이 없다고 말했다. 그때였다. 다온이가 내 옷자락을 당기며 외쳤다.

"엄마, 길에서 가만히 서 있으면 안 돼요. 뒤에 있는 친구가 움직일 수 없어요. 친구들이 불편해요. 빨리 비키세요!"

단조롭고 카랑카랑한 말투였다. 주로 어린이집에서 자신이 받은 지적이리라. 이게 뭐라고, 다온이가 상황에 적절한 말을 한 것이 기특해 피식 웃음이 나왔다. 내가 눈으로는 울면서 입으로는 웃자, 다준이는 "엄마 이제 괜찮아?"라고 말했다.

"응. 엄마 괜찮아. 다준아, 친구들 만날 때 엄마랑 둘이서 가고 싶다면 그렇게 하자. 미안해하지 말고 얼마든지 말해도 괜찮아. 아니, 엄마가 앞으론 꼭 먼저 물어볼게."

"그래, 좋아. 엄마."

그날 밤, 다준이를 옆에 끼고 잠자리에 누워서 아이의 손을 가만히 잡아주었다.

"다준아, 오늘 속상했을 텐데 친구들 앞에서 다온이에 대해 설명해 줘서 고마워. 그리고 엄마가 다준이를 충분히 배려해 주지 못해서 미안해."

"엄마, 있잖아."

"응."

"… 나는 사실 다온이가 미울 때도 있어."

"그렇구나. 솔직하게 말해줘서 고마워. 얼마든지 그럴수 있어. 마음에는 정답이 없어. 사람 마음은 원래 여러 가지가 같이 있는 거야. 다온이가 미울 때도 있지만 그래도 다준이 마음속 깊은 곳 어딘가에 다온이를 소중하게 여기는 마음도 있다는 걸 엄마는 알아. 그러니까 괜찮아."

"응."

아이는 어느새 쌕쌕 소리를 내며 내 옆구리에서 잠이 들었다. 잘 마무리된 걸까. 괜찮은 대처였던 걸까. 한참을 잠들지 못한 채 뒤척여야 했다. 첫째는 잊은 건지 모른 척하는 건지 그날의 이야기를 더 이상 하지 않았다. 오히려 내가 그날의 기억에 오래 붙들려 있는 것 같았다. 그 기억은 막내의 이유식을 만들다가 물 조절에 실패해 밥솥이 폭발했을 때, 장을 보고 돌아오는 길에 채소와 생필품이 가득 들어 있는 봉투가 지익 하고 찢어질 때, 치료 시간은 촉박한데 주차 공간을 찾지 못해 발을 동동거릴 때, 일상의 순간에 아주 조그만 틈이 생길 때마다 침투해서는 기어이 내 마음을 헤집어놓곤 했다.

장애아를 키우는 것만큼이나 장애아를 형제로 둔 비장

애 아이를 키우는 일도 쉽지 않은 일이구나. 돌이켜보면 나의 무게추는 언제나 다온이에게로 기울어져 있었다. 다온이의 우주만큼 그것과 똑같은 크기와 무게로 첫째와 셋째의 우주도 있다는 걸 자꾸만 잊었다. 첫째와 셋째가 다온이의 존재로 인해 상처받지 않도록, 엄마의 슬픔 때문에 아이다움을 스스로 잃어버리지 않도록 무게중심을 찾아야 한다. 나는 다른 아이들의 세계에도 책임이 있다. 나는 장애아를 키우는 엄마인 동시에 장애아를 형제로 둔 비장애 아이를 키우는 엄마니까.

그런데 내가 이 역할을 다 해낼 수 있을까? 난 세 아이 모두에게 좋은 엄마가 될 만큼 헌신적인 사람도 그릇이 큰 사람도 아닌데. 누구도 상처받게 하고 싶지 않지만 그렇게 '애쓰며' 살다가는 나 자신이 뿌리부터 썩어버릴 것 같다. 모든 게 내 몫이라 생각하면 무겁고 버거워서 다 던져버리고 달아나고 싶다. 하지만 난 책임을 저버리고서 행복해지는 법을 알지 못한다. 세 아이의 세계를 지키면서도 나를 잃지 않을 수 있는 접점을 찾는 것이 결국 나를 지키는 방법이 될 것이다. 가족 모두가 행복하려면 각자가 '역할'이 아닌 '자기 자신'으로 존재할 수 있는 공간이 필요하다. 다온이의 세계, 첫

발달은 느리고 마음은 바쁜 아이를 키웁니다

째와 셋째의 세계, 남편의 세계 그리고 나의 세계. 우리 가족에겐 다섯 개의 세계가 있다. 힘들겠지만 균형점을 찾아봐야겠다.

가지 많은 나무로

살아가는 일

셋째를 임신한 사실을 알게 되었을 때 가장 먼저 마주한 감정은 두려움이었다. 예상치 못한 임신 소식이었기에 당황스러운 것은 당연했지만 당혹감을 넘어 두려움을 마주해야 했다. 셋째도 다온이처럼 느린 아이면 어쩌나 하는 불안 때문이었다. 그 두려움은 배가 불러올수록 공포로 변했다. 다온이처럼 혹은 다온이보다 더 느린 아이를 낳는 꿈을 꾸고는 경련하듯 놀라며 깨어나곤 했다.

어느 날 밤엔 꿈에서 아이를 낳았다. 간호사가 안겨준

아이를 들여다보았는데 아이의 얼굴이 없었다. 놀라서 나도 모르게 아이를 떨어뜨려 버렸다. 떨어뜨린 아이는 울지 않고 "으… 으…" 하는 신음을 뱉었다. 영화 〈해리포터〉 속 볼드모트의 목소리 같은 굵고 어두운 소리였다. 나는 엉엉 울며 잠에서 깨어났다. 온몸에 소름이 돋아 있었다. 그렇게 깨어난 날은 이유 모를 두려움에 휩싸여 뜬눈으로 밤을 지새웠다.

자폐는 유전일 확률이 높다고 했다. 형제자매가 모두 장애가 있는 가정을 많이 보았다. 내 두려움은 실체 없는 막연한 두려움이 아니라 확률적으로 증명된 가시적인 두려움이었다. 남편은 다 괜찮을 거라고, 마음을 편안하게 먹어야 몸도 마음도 건강한 아이가 태어날 거라고 말했지만 아무리 마음을 다잡아도 다잡아지지가 않았다. 셋째마저 느린 아이로 태어나면 어떡하나 하는 상상만으로도 까마득한 절벽 위에 선 것처럼 다리가 후들거렸다.

한편으론 나의 이런 두려움이 아기에게 전달되어 태교에 안 좋은 영향을 주진 않을까 걱정했다. 그런 염려를 하면서도 생각을 멈추지 못했다. 이 아이가 제발 '정상'이기만 해달라고, 아무것도 바라지 않으니 '평균'으로만 태어나게 해달라고 빌고 또 빌었다.

셋째는 태어나는 날까지 태명이 없었다. 그냥 늘 셋째였다. 셋째는 예정일보다 빨리 나온다는 통설이 무색하게 41주를 꽉 채우고 3.6kg의 건강한 몸으로 태어났다. 셋째를 처음 안아든 날, 난 아기의 눈, 코, 입을 살피기도 전에 아기가 내 목소리를 듣고 나를 쳐다보는지부터 실험했다.

갓난아기라 아직 눈도 귀도 덜 열렸을 거란 걸 알면서도 그랬다. 아기를 무사히 출산한 안도감과 기쁨을 만끽하기보다 아기에게 '이상이 있는지 없는지' 걱정과 의심의 눈초리로 쳐다보기 바빴다. "별다른 이상은 없나요?"라고 묻는 나에게 간호사님은 "네, 산모님! 아주 씩씩하고 예쁜 남자아이예요!"라고 말했다.

신생아실에는 아기 바구니마다 별이, 희망이, 열무, 반짝이, 까꿍이… 귀여운 태명이 적힌 아기들의 이름표가 붙어 있었다. 우리 아기 이름표엔 '정소연 산모 아기'라고 적혀 있었다. 아기를 보여주러 나오신 신생아실 담당 선생님께서 "산모님, 우리 아가는 아직 이름이 없나요?"라고 말씀하셨다. 나는 즉흥적으로 "도리로 할게요."라고 말했다.

"어머나, 예쁜 이름이네요. 도리도리할 때 도리인가요?"

"아니요."

발달은 느리고 마음은 바쁜 아이를 키웁니다

"그럼 제 할 도리를 다하는 사람이 되라는 뜻인가요?"

"아니요. 유도리 할 때 도리예요. 남편이 유 씨거든요."

"유도리요? 재미있는 이름이네요."

옆에 있던 다른 산모들이 킥킥 하고 조용한 웃음을 보태왔다. 그녀들은 셋째에게 '유도리'라는 이름을 붙인 나의 절박함을 결코 알 수 없으리라. 자폐스펙트럼이 있는 다온이에게 가장 부족한 것이 융통성과 유연성이다. 제발, 제발 자폐스펙트럼만은 아니길! 나는 막내의 태명마저 다온이를 투영해 지었다.

산후조리원에 있는 와중에도 난 오직 다온이 걱정뿐이었다. 엄마가 없어서 불안이 높아지진 않았을지, 어린이집에서 문제행동을 다시 하진 않을지, 나 없이도 치료센터에 잘 다니고 있을지… 심지어 셋째에게 젖을 물리는 순간에도 머릿속은 온통 다온이 생각뿐이었다.

수유실에 앉아 기계적으로 젖을 물리고 트림을 시키던 나는 나와 같은 자세로 아기를 안고 있는 다른 산모들을 보았다. 그녀들은 세상에서 가장 소중한 보물을 다루듯 아기를 어루만지고 있었다. 다들 아기에게서 눈을 떼지 못했다. 나는 그제서야 셋째에게 온전한 사랑을 담은 시선 한 번 주지 못했다는 것을 깨달았다.

아기의 조그만 몸을 꼭 껴안아 보았다. 젖 냄새, 삶은 손수건 냄새, 콤콤한 아기의 땀 냄새가 온 얼굴에 스몄다. 속싸개로 꽁꽁 싼 작은 아기의 몸은 따뜻하고 포근했다. 그 그립고 다정한 냄새는 마치 아무것도 걱정할 것 없다고, 안심하라고 내게 말하는 듯했다. 나의 움직임 때문에 속싸개가 느슨해졌는지 아기는 잠에서 깨어 꼬물거리기 시작했다. 쏘옥 하고 팔 하나가 속싸개에서 빠져나왔다. 배냇저고리에 숨어 있는 아기의 손을 살짝 꺼내보았다. 아기는 주먹을 꼭 쥐고 있었다. 얇고 쪼글쪼글한 손가락을 하나씩 펴보았다. 아기는 땀으로 뭉친 먼지와 때, 옷의 실타래 같은 것들을 쥐고 있었다. 그것들을 하나하나 떼어내는데 아기가 내 검지를 꼭 쥐었다. 생각보다 강한 힘이었다. '엄마, 나 여기 있어요!' 하고 알려주려는 듯이. 미안한 마음과 기특한 마음이 교차했다.

"미안해, 아가야. 세상에 태어난 걸 축하해. 이제부터는 늘 내가 먼저 손을 잡아줄게. 네가 어떤 아이든 너는 너로서 사랑해 줄게."

셋째의 이름은 다겸이다. 다겸이는 내 두려움을 달래주기라도 하듯, 내 아픔을 보듬어 주기라도 하듯 무탈하고 씩씩하게 자랐다. 알람이라도 맞춰놓은 것처럼 생후 2개월이 되자 목을 가누었고 4개월이 되자 뒤집기를 했다. 6개월이 되자 조그만 입으로 돌고래 소리를 내며 옹알옹알 잘도 떠들었다. 치아 없이도 이유식을 넙죽넙죽 받아먹었다. 다겸이는 모를 것이다. 그 모든 순간에 내가 얼마나 놀라워하고 감사했는지, 또 얼마나 많은 위로를 받았는지. 나 또한 이전엔 몰랐다. 아기가 숨을 쉬고 걷고 말을 하고 세상을 궁금해한다는 게 얼마나 기적 같은 일인지.

두 돌 무렵, 고사리손으로 엄마의 검지를 꼭 쥐고 산책을 나간 다겸이는 야쿠르트 판매 아주머니께 "안녕하세요?" 하고 먼저 인사를 건넸다. 아주머니는 "어머나, 이렇게 조그만 아기가 인사를 다 하네?" 하고 반색하시며 야쿠르트 하나를 꺼내주셨다. 다겸이는 야쿠르트를 받아들고 아주머니의 얼굴을 보며 "고마워요! 다음에 만나요!"라고 답했다.

그 모습에 영원히 아물지 않을 것 같던 오랜 상처가 간질거렸다. 다온이가 자립에 성공하기 전까진 결코 메워지지 않을 것 같던 커다란 구멍에 따뜻하고 간지러운 뭔가가 흘러

들었다. 온기였다. 그곳으로 공허나 절망이 아닌 온기가 스며들자 그것을 굳이 메우지 않고도 잘 살아갈 수 있을 것 같은 마음이 들었다.

이 아이는 건강하고 무탈하게 태어나 준 것만으로도 부모에게 할 수 있는 제 할 도리를 다한 거였다. 나는 다겸이가 세상을 궁금해한다는 것을 알게 된 후 이 아이에게 바라는 게 아무것도 없었다. 아무런 기대 없이, 아무런 대가도 바라지 않고 오직 사랑만 주면 되었다. 그것은 너무나 아름답고 충만한 일이었다.

다온이가 나에게 가르쳐 준 것이 '겪어보지 않은 삶에 대해 예의와 존중을 갖추는 법'이었다면, 다겸이는 나에게 '당연하게 여겨지는 모든 것에 감사하는 법'을 가르쳐 주었다. 가지 많은 나무는 바람 잘 날 없다지만 바람 잘 날 없는 나무가 되어보니 알겠다. 하나하나의 가지마다 얼마나 아름답고 다채로운 세상이 열려 있는지. 그 가지의 세상을 바로 곁에서 지켜볼 수 있다는 게 얼마나 큰 축복인지를. 그리고 나무를 간지럽히고 때로는 뿌리째 흔들기도 하는 그 바람으로 인해 나무는 더 넓은 그늘과 깊은 뿌리를 갖게 된다는 것도.

내 아이도 장애아지만

장애아와 어울리게 하기 싫은 마음

"다온이는 참 잘하네요. 다온이 정도만 돼도 정말 좋겠어요."

살다 살다 내가 이런 말을 듣는 날이 다 있다니.

"다온이도 충동성, 산만, 불안 3종 세트를 골고루 갖췄어요."

"그래도 말도 제법 잘하고 의젓해 보여요."

"아유, 아니에요. 다 똑같이 느린 아이들인걸요."

아니라며 손사래를 치면서 왠지 모를 안도감과 고양감을 느끼는 내 모습이 하찮고 가소롭다. 맙소사. 무슨 전교

1등 엄마라도 된 줄? 잘하기는커녕 '평균' 축에도 들어본 적 없는 다온이가 어떻게 해서 '잘하는 아이'가 되었느냐. 이곳은 장애인복지관에서 주관하는 '학교 적응 프로그램' 현장이다. 초등학교 입학을 앞둔 장애아가 학교생활에 적응할 수 있도록 예행연습을 시켜주는 프로그램이다. 특수교사와 언어치료사가 5명의 장애아를 데리고 학교생활에 필요한 착석, 신변 처리, 지시 수행 등을 가르친다. 심지어 가격이 무료! 세상에 이보다 좋을 수가! 경쟁률이 치열한 건 당연지사였다.

학교 적응 프로그램은 장애 정도가 심하다고 무조건 뽑히는 건 아니다. 복지관은 선정 기준을 공개하진 않는다. 특수 학부모들의 카더라 통신에 따르면 일반학교 특수학급에 입학 예정인 발달 장애아, 착석 및 지시 수행이 어렵지만 완전히 불가능하지는 않은 특수 아동, 단체 생활을 위해서는 문제행동 교정이 필요하지만 그 문제행동이 타인에게 신체적 위협이 될 정도는 아닌 장애아, 즉, 속된 말로 '애매한' 아이들이 뽑힌다고 했다. 나는 다온이야말로 이 프로그램의 취지와 선정 기준에 가장 부합하는 아이라고 확신했다. 치열한 하위권 경쟁을 뚫고 참여자 5명 안에 들어야 한다!

참여 아동 선발 면접 당일 작심을 하고 복지관에 들어섰다. 사회복지사분을 앞에 앉혀두고 그녀가 말할 틈도 주지 않은 채 다온이가 얼마나 화용 언어 수준이 떨어지는지, 학교에 가면 얼마나 적응이 힘들지, 현재 담임선생님이 얼마나 마음고생이 심하신지, 아이 치료비에 우리 집 기둥이 어떻게 뽑혀나가고 있는지 등 열변을 토했다. 그 와중에 내 옆에 앉은 다온이는 의자를 뱅뱅 돌리며 최근 꽂힌 각종 '금지' 규범들을 발사하듯 내뱉고 있었다.

"주차 금지, 출입 금지, 사용 금지, 공회전 금지, 무단횡단 금지, 주정차 금지, 외부음식 반입 금지, 침수 시 진입 금지, 관계자 외 출입 금지!"

그때만큼은 다온이의 상동행동을 진심으로 응원했다. '아들! 좀 더 분발해! 너의 실력(?)을 보여주라고!' 다온이는 면접을 잘 본 탓인지 못 본 탓인지 헷갈리지만 어쨌거나 5명 안에 당당히 뽑혔다. 합격 통보 전화를 받은 날, 구름 위에도 앉을 수 있을 만큼 신바람이 났다.

대망의 오리엔테이션 날, 치열한 경쟁을 뚫고 선발된 5명의 아이들과 보호자들이 한자리에 모였다. 반사적으로 같은 그룹이 된 아이들의 상태를 살폈다. 들뜬 마음이 착 하고 가라앉았다. 그곳에 모인 친구들은 얼핏 봐도 다온이보다 발달 정도가 낮아 보이는 친구들이었다. 다온이를 뽑아달라고 호소하던 모습이 무색하게도 오리엔테이션이 끝나기도 전에 중도 하차를 고민하게 되었다.

'미안하지만 참여를 취소한다고 해야 하나.'

발달장애 아이들의 그룹인데… 대체 뭘 기대한 걸까? 첫날부터 바른 자세로 앉아서 사회자의 설명을 들을 수 있는 아이라면 이 프로그램에 제 발로 찾아올 리도 뽑힐 리도 없는 거였다. 낯선 환경에 던져진 아이들은 울고 소리를 지르고 책상을 탕탕 치기도 하고 자리를 이탈하기도 했다. 바른 자세로 앉아 있지 못하는 건 다온이도 물론 마찬가지였다. 다온이는 의자를 뱅뱅 돌리고 팔을 위아래로 휘젓고 바닥으로 계속 물건을 떨어뜨렸다. 다온이의 행동이 아이의 의지가 아니듯 다른 아이들도 마찬가지다. 안다. 아이들은 아무 잘못이 없다. 아이들은 오티의 진행을 방해할 의도가 있는 게 아니라 그저 그곳이 낯설고 불안할 뿐이다.

욕심인 걸 알지만 다온이보다 발달이 빠른, 그래서 내 아이에게 언어적, 사회적 자극을 줄 수 있는 친구와 그룹이

발달은 느리고 마음은 바쁜 아이를 키웁니다

되길 바랐다. 다온이는 짧은 시간이나마 착석이 되는데, 핑퐁 대화는 못하지만 이제 말도 제법 하는데. 반에서 만년 꼴등이지만 일반 어린이집을 다니는데. (말이야, 방귀야?) 이런 생각을 하는 나 스스로가 같잖고 우스웠다. 다른 사람도 아니고 느린 아이의 엄마인 내가, 그 아이 한 명 한 명의 인생이 얼마나 귀한지, 그 부모가 짊어진 삶의 무게가 얼마나 무거울지 뻔히 아는 내가 그런 식으로 등급 매기듯 우리 아이와 어울릴 아이, 어울리면 안 될 아이를 나눠도 되나? 그런 일들을 겪으면서 무수한 상처를 받고 울어온 내가?

그렇지만… 그렇지만… 이런 내가 위선적이라고 느꼈지만 어쩔 수가 없었다. 첫째는 학원 뺑뺑이를 돌리고, 셋째는 어린이집 연장반에 맡기고, 차로 30분을 달려서 가는 수업이었다. 무료라고 해서 효율을 따지지 않을 수가 없었다. 아니, 나의 시간적 효율은 아무것도 아니다. 내겐 다온이의 시간이 더 귀했다. 입학 전에 어떻게든 아이의 발달을 끌어올리려고 팔이 부러져라 노를 젓던 시기였다.

차라리 이 시간에 개별 인지나 언어 수업을 시켜야 하는 것 아닐까? 또래 모방이 이제 갓 시작된 아이였다. 지금도 어린이집의 업둥이였다. 느린 친구들끼리 모여 있으면서 서로의 문제행동만 사이좋게 교환해 오면 어쩌나 걱정되었다. 느린 아이들의 문제행동이 본인의 의지가 아니라는 걸 누구보다 잘 알고 있는 나였다. 나 역시도 장애아의 엄마였다. 그런 내가 우리 아이가 조금 더 발달 수준이 나아 보인다는 이유로 다른 장애아들과 그룹이 되길 망설이다니.

만화 주인공의 머리 위에서 천사와 악마가 싸우듯, 마음이 갈피를 못 잡고 이리저리 흔들렸다. 걱정 많고 소심하고 착한 아이 콤플렉스를 가진 나와, 자기 객관화와 자기혐오 사이에 기생하는 반골 기질의 내가 머릿속에서 치열한 논쟁을 벌였다.

'우리 다온이는 말도 제법 하잖아. 상호작용을 연습해야 하는 시기라고. 여기 모인 친구들은 자발어가 별로 없어 보이는걸.'

'다온이가 그렇다고 말 잘하는 친구들과는 대화가 되었나? 친구들이 말을 걸어도 어차피 대답도 못하고 반향어만 하잖아.'

'그래도 다온이에게 언어적, 사회적 자극을 줄 수 있는 친구가 있으면 좋겠는데.'

'때려치워라. 때려치워. 같은 장애 부모도 장애 정도에 따라 아이들을 구분 짓는데 비장애인이 그러지 않기를 바라는 게 말이 안 된다. 네가 위선자라는 걸 깔끔하게 인정하고 그만두라고. 그리고 나중에 어디 가서 다온이가 차별받아도 질질 짜지나 마.'

'위선이나 편견 같은 게 아냐! 그냥, 다온이를 잘 키워내고픈 나의 절박함이라고!'

창문 사이로 새벽빛이 스밀 때 즈음 깨달았다. 그곳에서 도망치고 싶었던 건 다온이가 다른 아이들보다 조금 나아 보여서가 아니라, 다온이의 현실을 마주하고 싶지 않은 나의 방어기제 때문이란 걸. 다온이가 특수교육 대상자라고 항상 생각해 왔지만 다른 특수교육 대상 아이들과 함께 있는 모습을 본 건 처음이었다. 그건 뭐랄까… 매우 두렵고 생경한 모습이었다. 다온이가 속했고 앞으로도 속할 곳의 지표를 눈으로 마주한 느낌. 그것을 받아들이기 어려웠던 내 마음의 문제였다. '내 아이도 장애아지만 장애아와 어울리게 하기 싫은 마음'은 다온이를 위한 마음이 아니었다. '내가 장애아의 엄마'임을, '내 아이도 결국 느린 아이'임을 직면하고 싶지 않은 나의 방어기제였다.

다온이도 발달장애이면서 다른 발달장애 아이들과 어

울리는 게 싫은 마음이 든다면, 그건 초등학교 특수학급에 가서도 마찬가지일 것이었다. 느린 아이들과 함께 있는 모습이 싫다고 아이를 일반학급에 보낼 것인가? 아니, 다온이에겐 통합교육만큼이나 개별화 교육도 필요하다. 이건 그 연장선일지도 모른다. 그렇게 생각하니 마음이 한결 편안해졌다. 느린 친구들끼리 정다운 공동체를 꾸려보는 것도 의미 있는 일일 거라고, 어디서건 배움은 일어날 수 있다고 믿어보기로 했다.

내 걱정이 무색하게 다온이는 학교 적응 프로그램을 무척 즐거워했다. 다온이는 그 수업을 '예비학교'라고 불렀다. "오늘은 무슨 요일이야? 몇 밤 자면 예비학교에 가?" 하며 수업이 있는 목요일을 손꼽아 기다렸다. 학교 적응 프로그램에서 강사님들께 전달받은 다온이의 모습은 어린이집에서의 모습과는 사뭇 달랐다. 그곳에서 다온이는 반에서 가장 뒤처진 아이가 아니라, 선생님의 도움 없이는 아무것도 못 하는 아이가 아니라, 가장 먼저 손을 들어 발표를 하고 칠판 앞에서 시범을 보이기도 하고 친구의 눈물을 닦아줄 줄도 아는 아이였다.

발달은 느리고 마음은 바쁜 아이를 키웁니다

간과한 부분이 있었다. 다온이는 태어나서 단 한 번도 '잘하는 축'에 속해보지 못한 아이였다. 늘 자기 수준보다 어려운 과제를 받아 시작할 엄두도 못 내고 주눅 들곤 했던 아이였다. 태어나서 처음으로 '모범생' 역할을 맡게 된 다온이는 그야말로 날개를 단 듯 빛나는 성장을 보여주었다. "선생님! 다 했어요!" 하며 손을 들 때 아이의 눈동자가 자부심으로 차오르던 순간을 기억한다.

내 아이보다 발달이 빠른 아이들만이 긍정적 모델링이 될 수 있을 거라고 생각했던 건 나의 착각이었다. 발달 수준이 비슷한 아이들과의 학습 경험이 아이의 성장에 얼마나 중요한지, 이것을 내가 얼마나 과소평가했는지를 여실히 깨달았다. 다온이는 적정 수준의 과제를 제공받을 수 있었고 그로 인해 완전한 성공을 경험했다. 늘 도움받고 배려받기만 하던 다온이가 누군가를 도와주고 배려하는 역할을 맡았다. '나도 잘할 수 있구나!'라는 깨달음이 다온이의 내면에서 갓 뚫린 지하수처럼 펑펑 샘솟는 것을 보았다. 무엇과도 바꿀 수 없을 귀한 경험이었다.

성장한 사람은 다온이뿐만이 아니었다. 그곳에 모인 다섯 명의 아이들은 저마다 아름다운 성장을 보여주었다. 느린 걸음이지만 저마다의 속도로 함께 성장하는 아이들을 지켜본 것은 내게도 소중한 경험이었다.

얻은 것은 그뿐이 아니었다. 뒤처진 아이들끼리 모아놓고 뭘 할 수 있겠냐 싶었던 방어적이고 자조적인 생각을 내려놓으니 새로운 선물이 나를 기다렸다. 친구였다. 그 아이들은 느린 아이가 아니라 내 아이의 친구였다. 그토록 간절하게 갖고 싶었던 내 아이의 친구 말이다.

발달은 느리고 마음은 바쁜 아이를 키웁니다

있는 그대로를 사랑한다는

거짓말

"아무리 노력해도 2년 아래로 갭이 좁혀지지 않아. 2년의 갭이 다온이의 한계점인 걸까."

"와우, 우리 아들 삼수 하면 대학도 가겠는데?"

풀 죽은 목소리로 걱정을 타령처럼 읊던 나는 남편의 말에 피식 웃음이 터졌다. 그래, 우스갯소리라 해도 그렇게 말하고 그렇게 웃으며 조금은 가볍게 살 수도 있는 건데 난 왜 그게 안 될까.

눈 맞춤이 안 될 땐 눈 맞춤만 되어도 좋겠다고 생각하면서 감각통합이며 ABA에 매달렸다. 눈 맞춤이 되니 제발 말만 트여라 하며 닥치는 대로 언어치료를 시켰다. 말은 트였는데 핑퐁 대화가 안 되니 사회성 그룹 치료를 추가했다. 대·소근육이 느리다 하니 특수체육을 시키고, 지능도 경계선이라 하니 인지치료도 넣었다. 아이가 클수록 필요한 기능이 점점 늘어가고, 시간이 갈수록 치료가 줄기는커녕 가짓수가 더 많아진다. 두더지 잡기 하듯 계속 나오는 문제행동과 약물 부작용, 줄줄이 소시지 같은 치료 일정, 뫼비우스의 띠처럼 끝없는 걱정들. 이 생활에 끝이 있긴 할까?

그 시절 나의 우주는 다온이를 중심으로 돌고 있었다. 언제부턴가 다온이와 내가 분리가 안 되었다. 샴 쌍둥이라도 된 것처럼 다온이가 받는 부정적 피드백이 다 날 향한 공격 같고, 다온이가 겪는 어려움이 다 내 고통 같았다. 다온이에 관한 걱정이 망령처럼 24시간 나를 따라다녔다. 난 왜 답 없는 걱정에 멱살을 잡힌 채 살고 있는 걸까. 차안대가 씌워진 경주마처럼 이 삶에 대안 따윈 없다는 듯이 나를 갉아먹는 레이스를 멈추지 못하는 걸까.

학령기 이전이 발달의 골든타임이라고, 나중에 후회하지 않으려면 초등 입학 전까지 열심히 달려야 한다고, 의사도 치료사도 선배 엄마들도 말했다. 하지만 사실은 모두가 안다. 학령기가 되어도 달라질 것은 없음을. 다온이가 초등 학생이 되어도 나는 늘 노심초사할 것이다. 다온이가 다른 친구에게 피해를 끼칠 수도 피해를 입을 수도 있으니까. 수업에 못 따라갈까 봐, 교실에서 이탈할까 봐, 문제행동으로 선생님과 친구들을 힘들게 할까 봐, 친구들에게 괴롭힘이나 따돌림을 당할까 봐. 학교를 졸업하면 그땐 나아질까? 아니, 그때는 군대 문제며 자립 문제로 골머리를 싸매게 될 거다.

조급함을 내려놓으려 해도 쉽지가 않다. 내 마음은 저 만치 미래에 가 있는데, 다온이는 까마득한 과거에서부터 느릿느릿 엄마 속도 모른 채 거북이 걸음으로 걸어오고 있다. 느린 걸음이지만 어쨌거나 미래를 향해 걸어오고 있는데, 미래로 가기 위해 누구보다 열심히 오늘을 살고 있는 아이인데. 나는 왜 아이의 걸음을 오롯이 존중하지 못하고 자꾸만 조급해하고 화를 낼까.

"참 이상한 일이야. 걱정하는 마음의 시작은 분명 사랑 이었는데, 왜 시간이 갈수록 미움과 원망이 되어 응어리가 쌓일까?"

"당신의 마음이 괴롭다면 그건 사랑 때문이 아니라 기대 때문이 아닐까."

남편이 말했다. 뭔가를 이루려고 노력할 때 '기대'라는 감정이 섞이면 그 감정은 '자만' 또는 '실망'으로 변질되기 쉽다고. '기대하는 마음'은 훌륭한 동력처럼 보이지만, 실제로는 엔진을 상하게 할 수 있는 위험한 연료라고.

"다온이가 나아지길 기대해서 치료한다면 결과가 만족스럽지 않을 때 우리는 필연적으로 실망할 수밖에 없어. 우린 그냥 '진인사'하면 돼. 결과는 '대천명'이지. 우리는 우리의 역할에 최선을 다하고 그 뒤는 운명의 몫 아닐까. 그렇게 생각하면 잘되어도 우리 덕이라 생색 낼 필요 없고, 목표에 못 미쳐도 우리 탓이라 자책할 필요도 없고. 나아지길 바라서 아이를 치료하는 게 아니라 그게 우리가 당연히 할 일이니까 하는 거야."

"나아진다는 기대 없이 어떻게 노력을 해? 기대하는 마음을 버린다면 대체 뭘로 이 고된 삶을 견뎌야 해?"

"글쎄, 말은 쉽고 실체는 모호하지만 그래도 그거 아닐까? 다온이를 있는 그대로 사랑하는 마음. 부모로서의 책임감."

"난 지금도 다온이를 있는 그대로 사랑해!"

"그렇다면 여보, 걱정의 굴레에서 그만 내려와. 기대와 실망은 늘 한 세트야."

남편의 말이 틀리지 않다는 걸 안다. 남편은 말과 행동이 다른 사람이 아니다. 다온이의 치료에 진심이 아니어서 쉽게 말하는 게 아니라 진심으로 그렇게 생각하는 사람이다. 하지만 매일 어린이집의 피드백을 받고 매니저처럼 이 센터, 저 센터를 전전하고, 다온이와 형제들의 관계를 중재하고, 문제행동을 뜯어 말리고 여기저기 굽신대며 사과하는 건 나인걸. 한걸음 뒤에서 뒷짐 지고 좋은 말은 누가 못해? 기대하고 걱정하는 마음이 잘못이야? 설움인지 오기인지 모를 욱하는 감정을 이기지 못하고 남편에게 화를 냈다.

"당신은 저녁에만 다온이를 보니까, 최전선에는 늘 내가 있다는 걸 아니까 다온이 생각에서 벗어날 수 있는 거야! 그러니까 공자 왈 맹자 왈 할 수 있는 거라고!"

내가 과민반응을 하고 있다는 걸 알고 있었다. 나의 예민함이 다온이의 상황에 과몰입한 결과라는 것도 알았다. 다온이가 아니라 다온이에 대한 나의 생각이 나를 더 힘들게 한다는 것도.

'있는 그대로'를 사랑한다는 건 뭘까. 더 나아진 모습을 기대하다 절망하길 반복한다면, 그건 내가 아이를 있는 그대로 사랑하지 못한다는 방증일까. 나는 그저 언젠가 내가 없을 미래를 살아야 할 아이의 삶이 조금 덜 고달프길 바랐을 뿐인데. 내 기대와 실망, 슬픔과 절망은 사랑의 일부일까, 불순물일까. 다온이는 대체 내게 어떤 존재일까?

나의 기쁨이자 슬픔인 다온이, 나를 세상에서 가장 사랑하는 다온이, '평균'에서 벗어난 대상에게 세상이 얼마나 매몰찬지를 알려준 동시에 그럼에도 아직까지는 이곳이 따뜻하고 살 만한 곳이라는 걸 느끼게 해준 다온이, 뒤처지는 조급함을, 낙오되는 두려움을, 소외되는 서러움을, 거절당하는 순간의 모멸감을 알게 해준 다온이, 네가 아니었으면 결코 몰랐을, 몰라도 되었을 나 자신의 밑바닥을 속속들이 보게 해준 다온이.

나는 다온이를 사랑한다. 나는 다온이에게 책임이 있다. 언제까지고 그 책임을 다할 생각이었다. 하지만 사실은 다온이가 부담스러웠다. 다온이로 인해 나를 잃어가고 있다고 생각했던 적이 있다. 솔직히⋯ 지금도 그렇다. 그래서 엄마를 향한 아이의 무조건적인 사랑 앞에 때로는 죄책감이,

가끔은 적의가 느껴졌다. 그래, 나는 다온이를 사랑한 만큼 다온이를 미워하고 원망했었다. 뱉어버리고 나니, 인정하고 나니 마음이 한결 가벼운데 이 말을 하기까지가 왜 그렇게 힘들었는지.

'너의 있는 그대로를 사랑한다는 말은 위선이다.' 이 진실이 나를 아프게 한다. 하지만 그것만큼이나 명징한 또 하나의 진실을 안다. '나는 너를 만나 그 이전과는 다른 사람이 되었다.' 너는 나를 초라하게 했고 무력하게 했다. 그럼으로써 나의 오만을 내려놓게 했다. 타인의 삶을, 겪어보지 않은 세계를 함부로 판단하거나 평가하면 안 된다는 걸 알게 해주었다. 이것은 아마도 다온이가 아니었다면 결코 얻을 수 없었을, 삶이 내게 준 선물이리라.

아직은 내 그릇이 너무 작아 이 선물에 진심으로 감사하진 못하겠다. 내가 할 수 있는 최선은 글로나마 나의 위선을 고백하는 것. 사실은 한 번도 너의 있는 그대로를 사랑하지 못했고, 언제나 지금의 모습과는 달라진 너의 미래를 상상했고, 때때로 그 바람이 무너질 때면 절망했으며, 그 절망 뒤로 끝끝내 너를 미워했다는 사실을 선선히 수긍한다. 너를 위해서라고 자위했던 많은 것이 사실은 나의 불안을 달래기 위한 것이었다는 것도 인정한다. 엄마가 틀릴 수도 있다는 가능성은 생각도 못 하는 너를 내 불안과 조급증으로 힘들게 한 순간들이 있었다. 이런 엄마라 미안하다. 나는 여전히 네가 지금보다 더 나은 모습의 네가 되길 바라는 마음을 내려놓지 못했다. 너는 결국 언젠가는 내가 없는 시간을 살아야 하니까. 하지만 설령 내 바람이 끝끝내 이뤄지지 못한다 해도 너를 향한 내 사랑만은 변함없을 것임을 약속해 둔다. 널 향한 내 사랑은 언제나 '그럼에도 불구하고'였으므로. 언젠가 마음이 더 여물고 내 그릇이 더 커지면 너의 있는 그대로를, 너와 함께 지나온 모든 시간을 감사해하는 날이 올까? 그럴 수 있길 간절히 바라본다.

4장

솔직하게 말해도

우리 아이를 받아줄 수 있나요?

"경하지만 자폐스펙트럼이 있고, ADHD, 경계선 지능이 함께 있는 아이입니다. 불안과 강박도 있습니다. 언어가 또래보다 2년 정도 느리고 사회성도 많이 부족합니다. 갑자기 소리를 지르거나 한자리를 빙글빙글 돌기도 합니다."

현관 앞에서 슬리퍼를 꺼내주시고 따뜻한 차도 내어주시며 반갑게 맞아주었던 어린이집 원장님은 점점 표정이 어두워졌다. 예감이 좋지 않았다.

6세가 된 다온이는 병설유치원 특수학급에 입급하지

못했다. 응시 인원에 비해 모집 인원이 턱없이 적었기 때문이다. 장애 전담 어린이집도, 장애 통합 어린이집도 마찬가지였다. 아무리 생각해도 다온이는 일반유치원에서 20명이 넘는 아이들과 무탈하게 지내기 힘들 것 같았다. 남은 건 6세 반을 운영하는 일반 어린이집뿐이었다.

'다온이의 상황을 솔직히 말씀드리고 그래도 받아주겠다는 곳을 찾자. 쉽지 않겠지만 결과적으로 그게 옳은 방향일 거야.'

자차 등원이 가능한 어린이집 중 유아반 티오가 있는 곳은 약 다섯 군데였다. 첫 번째 어린이집에 전화를 걸어 입소 가능 여부를 묻자 반색을 하며 마침 딱 한자리가 비었다고 했다. 느린 아이인데 괜찮으시냐는 물음에, 조금 느린 게 무슨 대수냐며 얼른 상담부터 오라고 하셨다. 원장실에 들어서자 원장님은 활짝 웃으시며 어린이집 소개 책자를 내미셨다. 나는 그 전에 먼저 드릴 말씀이 있다며 조심스레 말을 시작했다.

'자폐스펙트럼, ADHD, 불안, 강박, 상동행동, 반향어…'
말을 이어갈수록 원장님은 점점 내 눈을 피하셨다. 나는 표정을 알 수 없는 원장님의 얼굴에서 희망적 단서를 찾으려 애썼다.

"많이 부족한 아이지만, 기본적인 의사소통은 가능하고 문제행동도 조금씩 소거되고 있…"

"어머니, 죄송하지만…"

원장님은 내 말을 조심스레 끊으셨다. 정중한 태도였지만 '더 들어볼 것도 없다'는 의지가 명확하게 읽혔다.

"저희 어린이집은 힘들 것 같습니다."

예상도 했고 각오도 했지만 막상 눈앞에서 입소를 거절당하니 말문이 막혔다. 원장님은 더 이상 말씀이 없으셨다. 일어서야 하는 타이밍이라는 걸 알 수 있었다. 마음이 서늘해지고 심장이 조이는 느낌이 들었다. 거절당한다는 건 참 아픈 것이구나. 지금껏 참 운 좋게도 이런 마음을 모르고 살았구나. 입소를 거절당한 것이지 아이의 존재가 부정당한 건 아니었다. 그런데도 아이와 내가 세상에서 내처진 것 같은 느낌이 들었다.

두 번째로 방문한 어린이집 역시나 거절이었다. 세 번째 어린이집은 국공립 어린이집이었다. 나의 설명을 들으신 원장님은 솔직하게 말씀해 주시니 본인도 솔직하게 이야기하겠다고 하셨다.

"아이를 입소시키겠다면 말릴 방법은 없지만, 저희는… 자신이 없습니다."

"네, 알겠습니다."

입소를 포기하려는 뉘앙스를 풍기자 원장님은 안심하시는 눈치였다. 그 마음이 이해 가지 않는 건 아니다. 모르고 받으면 몰라도 이미 다 알고서 천덕꾸러기를 받고 싶은 사람이 어디 있겠는가. 원장님은 '양해해 주셔서 감사하다'며 나를 문 앞까지 배웅해 주셨다. '희망을 잃지 말고 힘내서 아이를 키우시라'는 말도 덧붙였다. 아마도 진심이셨을 테지만 위선같이 느껴졌다. "그럼 우리 아이를 받아주시든가요!" 하고 쏘아붙이는 상상을 했다. 하지만 그럴 수는 없다. 원장님은 잘못이 없다. 그는 어린이집의 안정적 운영을 위해 자신의 역할을 했을 뿐이다.

원장님은 신발장에서 내 운동화를 꺼내어 내가 신기 편한 방향으로 놓아주셨다. 신기 편한 방향으로 놓아주신 것뿐인데, 밖으로 나가는 방향으로 운동화를 내려놓았다는 생각이 들었다. 원장님이 바닥에 내려놓으신 내 낡은 운동화는 흙먼지도 묻어 있는 데다 발꿈치 쪽 천이 뜯겨 누런 스펀

발달은 느리고 마음은 바쁜 아이를 키웁니다

지가 드러나 있었다. 서럽고 부끄러웠다.

　　의연해지려 했지만 자꾸만 마음이 쪼그라들었다. 아무도 나를 기죽이지 않았는데 스스로 기가 죽었다. 묻지도 않은 이야기를 먼저 털어놓아 줄줄이 거절을 당하고 있는 내 모습이 바보 같기도 했다. 하지만 입소가 아니라 입소 후 무탈히 적응하는 것까지가 목표였으므로 거절당하는 게 두려워 최선을 다하는 과정을 포기할 순 없었다. 환대까진 바라지도 않는다. 다온이의 상황을 알면서도 구성원의 일원으로 받아줄 어린이집을 찾는 게 목적이었다.

　　첫째 다준이의 유치원을 고르러 상담을 다닐 때가 생각났다. 설렘만 가득했던 그 가벼운 발걸음을 기억한다. 그 경쾌함은 평범한 아이를 가진, 그래서 거절당할 걱정이 없는 사람에게서 나오는 자신감과 당당함 때문이라는 인식조차 못한 나였다. 거절당할 걱정이 없는 사람은 위축될 이유도, 날을 세우며 자신을 방어할 필요도 없는 거였다.

　　세 번의 거절 끝에 지금의 어린이집을 만났다. 원장님과 마주앉아 다온이의 이야기를 했다. 아니, 다온이의 이야기가 아니라 다온이의 자폐, ADHD, 경계선 지능, 불안과 강박에 대한 이야기를. 원장님은 이번이 첫 상담이냐고 물으셨다. 이미 여러 곳에서 거절당하고 왔다고 대답했다. 아이의 정보를 솔직하게 말하는 이유를 물으셨다. '결국은 이 방법이 모두에게 최선이라고 믿기 때문'이라고 대답했다.

"어머니, 그럼 우리 다온이의 장점은 뭔가요?"

"네?"

원장님의 표정을 보는 게 두려워 고개를 떨구고 있던 나는 비로소 고개를 들었다. 그분은 따뜻하게 웃고 계셨다.

"아, 우리 다온이는요. 사실은… 애교가 많고요. 잘 웃어요. 원래는 칭찬이 뭔지도 몰랐는데, 이제는 칭찬을 인지해서 칭찬받으면 신나서 폴짝폴짝 뛰어요. 가끔 이상한 말을 해서 주변 사람들에게 웃음을 주고요. 먹는 것도 잘 먹고 자기 물건 정리도 잘해요. 엉뚱하지만 순수하고 천진난만해요. 흑… 죄송해요. 안 울려고 했는데 눈물이 나네요."

원장님은 상담 테이블 위에 있던 티슈를 건네셨다. 그것을 받아 드는 내 손이 덜덜 떨렸다.

"규칙을 인지하기는 어렵지만 한번 인지한 규칙에는 의문을 품지 않고 따라요. 또래 놀이에 끼지는 못해도 친구들과 같은 공간에 있으면 행복해하고요. 사실은, 사실은 아주

발달은 느리고 마음은 바쁜 아이를 키웁니다

아주 예쁘고 귀여운 아이인데요."

거절만 당하다 보니 아이의 장점을 설명할 기회가 없었다. 다온이가 가진 그 많은 문제점을 말할 때도 울지 않았는데 아이의 장점을 말하려니 눈물이 차올라 말을 잇기 힘들었다.

"사실 우리 다온이는 자기만의 속도로 열심히 크고 있는데요…. 저희 가족이… 다온이를 잘 키워보려고 정말로… 정말로 최선을 다하고 있거든요. 흑… 그런데요. 아무리 노력해도 또래 아이들이 크는 걸 따라가질 못해요. 그래서 늘 친구가 없어요. 친구가 한 명도 없어요."

"어머니 하시고 싶은 말씀 다 하세요."

나는 티슈에 얼굴을 파묻고 자랑인지 신세 한탄인지 알 수 없는 말들을 횡설수설 해댔다. 얼마 전, 다온이가 놀이터에서 만난 동갑내기 친구에게 "같이 놀자!"라고 말했다고, 타인에게 먼저 말을 건 일 자체가 태어나서 처음이었다고, 친구의 대답도 듣지 않고 자기 놀이를 찾아 자리를 떠버렸지만 그래도 우리 가족에겐 기적 같은 일이었다고. 그날 온 가족이 케이크에 촛불을 켜고 축하 파티를 했다고. 원장님은 가만히 내 이야기를 들어주셨다.

"제가 이런 이야기를 왜 하냐면요. 또래보다 많이 느리지만 우리 다온이도 크고 있거든요. 그래서 저는요… 다온이의 현재보다 가능성을 봐주시는 어린이집을 찾고 있어요. 아이가 손이 많이 가고 다른 친구들을 불편하게 할 때도 있지만, 그래도 다온이의 성장을 도와주실 분들을 찾고 있어요."

원장님은 눈물과 땀으로 축축해진 내 손을 펴서 꼭 잡아주셨다.

"잘 찾아오셨어요, 어머니. 우리 같이 해봐요."

"네? 정말이요?"

"아이가 느린 건 얼마든지 괜찮아요. 저희가 힘든 건 뭐냐면요. 부모님께서 아이의 문제행동을 인정하지 않으실 때예요. 아이를 위해서 아이의 상황을 말씀드렸는데, 아이를 밉게 본다고 오해하는 분들도 있고요. 그러면 저희도 더 이상 아이를 도울 방법이 없어요. 그런데 다온이 어머니는 이미 아이를 객관적으로 파악하고 계시고 아이의 성장을 위해 노력하고 계시잖아요. 굳이 이야기 안 해도 되는 부분까지 말씀하시면서 어린이집의 협조를 구하시고요. 어머니 이야기를 들으니 저도 믿음이 생겨요. 저희가 다온이를 돌보다가 힘든 점을 말씀드리면 좋은 의도로 받아들여 주실 거죠?"

"네, 네. 물론이에요."

"그거면 돼요, 어머니."

다온이를 한 번 보고 결정하셔도 된다고 말하자 원장님은 괜찮다고, 이미 다온이를 품기로 마음먹었다고 하셨다. 품어주다… 그 '품어주다'라는 말이 너무 좋았다. 어미닭이 알을 품듯 누군가, 조금 전까지 일면식도 없던 타인이 내 아이를 기꺼이 품어주겠다고 말했다. 우리가 세상 밖으로 내몰리지 않았음을 증명해 주는 말이었다.

"내년에 다온이 담임 되실 선생님은 원에서 제가 가장 신뢰하는 선생님이에요. 다온이를 잘 돌봐주실 뿐 아니라, 같은 반 아이들과도 어울릴 수 있게끔 이끌어 주실 거예요. 아! 다온이가 적응을 마칠 때까지 보조선생님이 유아반에 함께 계시도록 조율할게요. 저희 원으로 오세요. 저희가 돕고 싶어요."

그렇게 다온이는 새로운 어린이집에 둥지를 틀게 되었다. 담임선생님, 원장선생님, 보조선생님의 따뜻한 가르침과 배려 속에서 어린이집에 무사히 적응했다. 그해 다온이의 담임이 되신 김하늬 선생님은 졸업하는 날까지 다온이를 사랑과 헌신으로 키워주셨다.

선생님이라는 이름의

기적

다온이의 담임선생님은 하루에 최소 한 가지 이상 다온이를 칭찬해 주셨다. 칭찬할 거리보다 지적할 거리가 압도적으로 많은 아이라는 걸 누구보다 잘 안다. 마른 행주에 물 쥐어짜듯 매일같이 칭찬거리를 찾아 헤매고 계실 선생님의 노고에 그저 감사할 따름이다.

다온이의 학급 친구들은 모두 15명이었으니 다온이가 기대할 수 있는 관심은 선생님이 준비하신 에너지의 15분의

발달은 느리고 마음은 바쁜 아이를 키웁니다

1만큼이라고 생각했다. 그렇지만 선생님은 언제나 그 이상의 사랑과 정성을 다온이에게 쏟아주셨다. 내 아이에게 15분의 1 이상을 쏟는다고 해서 다른 아이에게 소홀해지는 그런 사랑이 아니었다. 선생님의 사랑은 비워짐과 동시에 채워지는 공기 같은, 흘러도 흘러도 마르지 않는 강물 같은 사랑이었다.

하늬 선생님을 만나기 전의 다온이는 단체 생활에서 자기효능감을 거의 경험해 본 적이 없는 아이였다. 완벽주의적 강박이 있어 새로운 일에 도전하지 못했고, 회복탄력성이 낮아서 한 번이라도 실패하면 두 번 다시 같은 활동을 시도하려 하질 않았다. "다온이는 못 하겠어"라는 말을 입에 달고 살던 다온이가 하늬 선생님을 만난 뒤로 조금씩 변했다.

"엄마, 다온이는 멋진 친구야?"

하원 길에 어깨뽕이 잔뜩 들어간 다온이가 엄마를 올려다보며 물었다.

"그럼~ 우리 다온이는 세상에서 제일 멋진 친구지."

아이는 내가 맞장구를 쳐주니 쑥스러운 듯 헤벌쭉 웃었다.

"엄마, 다온이는 스스로 잘하는 어린이야?"

"당연하지! 우리 다온이는 밥도 스스로 먹고 쉬도 스스로 하잖아!"

"다온이는 어제는 울었지만 오늘은 안 울었어. 다온이는 점점 더 잘하고 있어?"

"맞아. 그런데 다온아, 누가 그렇게 말해줬어?"

"하늬 선생님이!"

다온이는 승패가 나뉘거나 예측 불가한 일이 일어나는 게 부담스러워 만국 공통 놀이인 술래잡기마저도 두려워하는 아이였다. 그런 다온이가 또래 놀이에 낄 수 있도록 선생님은 최선을 다해 상황을 조율해 주셨다. 활동 시작 전에 이 놀이에서 일어날 수 있는 일에 대해 설명해 주셨고, 두려움을 이기고 참여할 수 있도록 용기를 북돋아 주셨으며, 돌발 상황에 얼어붙은 다온이에게 "괜찮아, 그럴 수도 있는 거야. 선생님도 그랬던 적이 있어" 하며 안심시켜 주셨다. 또 다온이가 학급 내에서 친구들에게 피해를 끼치거나 남의 도움을 받기만 하는 아이가 아니라, 제 몫을 하는 오롯한 한 명의 구성원으로 인정받을 수 있게 도와주셨다. 선생님은 다온이에게 '다음 시간의 활동을 미리 알려주는 친구'라는 역할을 주셨다. 다온이는 매일 아침 친구들에게 날짜와 요일을 알려주고, 점심 식사를 아직 마치지 못한 친구들에게 점심 시간이 몇 분 남았는지를 예고해 주었다. 다온이는 그 역할을 처음 맡은 날, 집에 와서 엉덩이춤을 출 정도로 기뻐했다. 뿐만 아니라 발표 시간에 단 한 번도 손을 들지 못한 다온이를 위해 '다온이 맞춤형 문제'를 만들어 주시기도 했다. 낯선 교구에 거부감을 느끼는 다온이가 마음 편히 새로운 활동에 참여할 수 있도록 수업 전에 교구를 대여해 주기도 하셨다. 이런 선생님을 담임으로 만나다니, 우리의 몇 년 치 운을 미리 당겨 쓴 건 아닐까?

하늬 선생님은 교사로서 아이들을 가르치고 학급을 통솔하는 일뿐 아니라, 아이들이 긍정적인 또래 관계를 경험할 수 있도록 돕는 일, 아이 한 명 한 명에게 필요한 적기 교육이 무엇인지를 고민해 실천하는 일, 자신의 부정적 감정을 돌아보고 다스리며 그것을 긍정적 감정으로 전환하는 법을 가르치는 일까지도 본인의 역할이라 여기시는 것 같았다.

어느 날 하원 시간의 일이었다. 치료센터에 가기 위해 엄마와 함께 이른 하원을 하는 다온이에게 "내일 봐! 사랑해!"라며 인사를 건네시던 선생님은 갑자기 나를 쳐다보며 말씀하셨다. "어머니, 잠깐만 문 앞에서 기다려 주세요!" 종종걸음으로 교실로 뛰어 들어갔다 나오신 선생님의 손에 학습지 한 장이 들려 있었다.

"어머니, 우리 다온이가 처음으로 끝말잇기에 성공했어요! 여기 보세요. 다온이가 직접 생각해서 적은 내용이에요."

힘 조절이 서툴러 종이에 구멍이 날 정도로 꾹꾹 눌러 쓴 학습지엔 '안내-내모-모자'라고 적혀 있었다. 연상능력이 부족해 머리에 있는 것을 도통 꺼내지 못하는 다온이가 끝말잇기를 해냈다는 사실보다, 선생님께서 내게 이것을 보여주기 위해 교실로 다시 달려가셨다는 것이 더 큰 감동이었다.

"이 학습지가 어머니께 힘이 되어줄 것 같아서 보여드리려고 따로 챙겨뒀어요."

많은 아이와 하루 종일 씨름하느라 정신없으실 텐데 사소한 부분까지 신경 써주셔서 고맙다는 나의 인사에 선생님은 밝게 웃으며 말씀하셨다.

"제가 즐거워서 하는 일인걸요."

하늬 선생님은 하루하루 마주치는 모든 인연에게 긍정

에너지를 전해주는 사람, '교사'라는 역할에 사명감을 갖고 최선을 다하는 사람, 자신에게 요구되는 '할 도리' 이상의 역할을 기꺼이 하면서도 그것을 '자신의 기쁨'이라고 말해주는 사람이었다. 그분이 사랑과 정성으로 꾸린 학급은 마치 어미 새의 둥지처럼 포근하고 따뜻했다. 다온이를 배려하되 특별 취급하지 않았고, 존중하되 무조건 허용하지도 않았다. 다온이는 선생님의 따뜻한 포용과 단호한 훈육 아래 조금씩 성장해 나갔다. 염치없게도 그분의 사랑과 헌신에 기대어 내 인생의 가장 힘든 시기를 무탈하게 지나올 수 있었다.

한때 '이분은 도인인가 천사인가 유니콘인가, 도대체 정체가 뭘까'를 고민하기도 했다. 지금은 선생님 역시도 하루를 묵묵하고 성실하게 살아가는 평범한 직장인이라는 걸 안다. 하루 일과를 마친 후 고갈된 자신을 다독이면서 아직 귀가하지 못한 한 명의 아이에게 해사한 웃음을 나눠주는 온정이, 매일같이 울고 떼쓰는 아이에게 한결같이 친절한 목소리로 옳고 그름을 설명해 주는 정성이, 카메라를 들이댈 때마다 어색한 표정이 되는 자폐 아이의 웃는 모습을 사진으로 남기기 위해 온몸으로 아이를 웃겨주시는 열정이 당연한 게 아님을 안다. '기꺼이' 내어주는 마음이라 해서 '당연한' 마음으로 받지 않도록 해야지. 반에서 가장 힘든 아이를 매일 아침 함박웃음으로 환대해 주시는 마음의 동력은, 맡은 일에 최선을 다하고 진심을 쏟으면서도 이를 자기 삶의 보람으로 치환하고자 하는 치열한 노력에서 온다는 걸 잊지 않을 것이다.

친구라는 이름의

축복

초등학교 4학년 때 일이다. 학급에 재민이라는 친구가 있었다. 지나고 나서야 짐작하지만 그 친구는 자폐와 지적장애가 있는 친구였던 것 같다. 당시엔 이상한, 냄새 나는, 가까이 가기 싫은 아이였다. 반 아이들 모두가 재민이와 짝이 되기 싫어했다. 재민이는 갑자기 소리를 질렀고, 책상에 침을 뚝뚝 흘리기도 했고, 밥을 손으로 먹었다. 가끔은 소변 실수도 했다. 몸에서는 장마철의 묵은 수건 같은 퀴퀴한 냄새가 났다.

　　매달 짝을 바꾸는 날이 돌아오면 친구들의 관심사는

'이번엔 어느 불쌍한 아이가 재민이와 짝이 될까'였다. 재민이와 짝이 된 아이들은 일부러 책상을 멀찍이 떨어뜨려 앉곤 했다. 재민이를 조롱하고 괴롭히는 친구도 있었다. 반 아이들은 재민이의 반응을 보며 킥킥대고 함께 웃었다. 2학기가 되자 모든 아이가 재민이와 짝꿍이 되길 거부하는 사태가 일어났다. 짝을 바꾸는 날, 담임선생님은 수현이라는 친구와 나를 따로 부르셨다.

"소연아, 수현아. 느그 둘 중 하나가 재민이랑 짝꿍 한 번만 해주면 안 되겠나?"

기대에 찬 표정으로 눈을 동그랗게 뜨고 선생님을 올려다보던 나는 그 말을 듣고 슬며시 시선을 내리깔고 말았다. 무척 좋아하고 따랐던 선생님이었다. 이번 기회에 내가 착한 아이임을 증명하고 싶었다. 선생님을 실망시키고 싶지 않았지만 차마 입에서 "제가 할게요"라는 말이 떨어지지 않았다. 그때였다.

"선생님, 제가 재민이랑 앉을게요."

"맞나? 수현이가 해줄 기가? 아이고, 역시 우리 수현이다. 고맙다. 정말 고맙데이. 재민이 어머니가 억수로 고마워하실 거다."

선생님은 활짝 웃으시며 두 손으로 수현이의 손을 꼭 잡으셨다. 한발 늦었구나 싶었다. 그 따뜻한 미소와 맞잡은 손의 온기가 수현이의 것이라는 게 부러웠다.

"선생님, 저도 할래요."

"맞나, 우리 소연이도 해준다고? 고맙데이. 그럼 이번에는 수현이랑 짝꿍 하고, 다음 달에는 소연이랑 짝꿍 하면 되겠다."

"한 달만… 하면 되지요?"

까짓 거 한 달만 꾹 참지, 하는 마음으로 선생님께 여쭈었다.

"그라모~ 그다음에는 선생님이 또 다른 방법을 생각해 보꾸마. 한 달씩만 부탁하마."

한 달의 괴로움을 참아 선생님의 사랑과 인정을 얻을 수 있다면 그 정도는 할 수 있겠다 싶었다. 그때 수현이가 말했다.

"선생님, 그다음에도 재민이 짝꿍이 없으면… 제가 계속 해도 돼요."

'아니, 왜?' 난 툭눈금붕어 눈알을 하고 수현이를 쳐다보았다.

선생님은 '우리 수현이는 마음씨가 비단결 같다'며 그 친구를 품에 보듬으셨다. 그래주면 고맙지만 무리할 필요는 없다고, 힘들면 언제든 말하라고 하셨다.

수현이와 둘이서 교실을 걸어 나오면서 왠지 모를 패배감이 들었다. 나도 희생했는데 영광은 수현이에게만 돌아간 것 같았다. 수현이의 마음이 이해가 안 갔다.

'선생님의 칭찬이 그렇게 받고 싶은가? 선생님이 요청하신 건 한 달인데 왜 굳이 그렇게까지 하려는 거지?'

"니 왜 재민이랑 계속 짝꿍 한다 했노? 니 재민이 좋아하나?"

"아니, 안 좋아한다. 나도 재민이랑 짝하기 싫다."

"그라믄 왜?"

"아무도 자기랑 짝이 되기 싫어한다 생각하면 재민이가 얼마나 서럽겠노. 또 재민이 엄마가 그 이야기를 들으면 얼마나 슬프겠노. 그래서 내가 한다 했다."

망치로 머리를 한 대 맞은 것 같았다. 나는 선생님께 칭찬받고 싶어서 짝꿍이 되겠다고 했고 수현이는 재민이의 마음을 생각해서 짝꿍이 되겠다고 했다. 선생님의 다정한 눈빛과 손의 온기는 수현이의 것이 온당했다.

발달은 느리고 마음은 바쁜 아이를 키웁니다

수현이와는 졸업할 때까지 다시는 같은 반이 되지 못했다. 오랫동안 그 아이를 잊고 살았다. 어떤 어른이 되었을까? 다온이가 기관 생활을 시작한 뒤로 수현이가 자주 떠올랐다. 11살 재민이와 그 가족들에게 너무도 귀하고 소중한 인연이었을 수현이가. 다온이의 반에도 제발 수현이 같은 친구가 한 명만 있어주길. 연민이라도 좋고 동정이라도 좋으니 반에서 한 명만이라도, 단 한 명만이라도 수현이 같은 눈으로 내 아이를 바라봐 주는 친구가 있길. 간절히, 간절히 바랐다.

그 바람이 이뤄졌는지 다온이는 어린이집 유아반에서 수현이의 마음을 닮은 친구를 만났다. 그 아이의 이름은 예안, 같은 반이었지만 다온이보다 한 살 많은 누나였다. 다온이는 등원 전에 "예안이도 와?" 하고 늘 묻곤 했다. 다온이는 누나인 예안이를 늘 "예안아! 예안아!" 하고 불렀다. 엄마와 함께 어린이집 활동 사진을 볼 때도 손가락으로 예안이를 콕 가리키며 "다온이는 예안이를 좋아해!"라고 말했다.

담임선생님께서 말씀하시길 예안이가 누나처럼 친구처럼 살뜰히 다온이를 챙겨준단다. 체육 시간에 풍선 주고받기 놀이를 할 때면 다온이는 늘 짝꿍이 있는 방향이 아닌 반대 방향으로 풍선을 날려버리곤 했다. 다온이와 체육 짝꿍이 되면 주고받기가 되지 않고 풍선을 주우러 다니기만 해야 했다. 그래도 예안이는 기꺼이 다온이의 짝이 되어주었다.

다온이는 흥이 오르면 충동성도 같이 올라가 친구들을 간질이거나 밀치기도 했다. 예안이도 예외는 아니었다. 그럴 때마다 예안이는 짜증을 내거나 선생님께 이르는 대신 다온이의 눈을 보고 "다온아, 하지 마. 이러면 내가 불편해"라고 조근조근 일러주었다고 한다.

하루는 담임선생님께서 보여주신 소풍 사진을 보고 눈물이 왈칵했다. 어린이집 버스 안에서 다온이는 예안이의 어깨에 머리를 기대고 잠들어 있었다. 몸의 절반이 예안이의 좌석으로 넘어가 있었다. 당장 침이 흘러도 이상하지 않을 만큼 입을 헤 벌린 채로. 얼굴과 머리에서 흐른 땀이 예안이의 어깨를 적셔놓았다. 예안이는 한쪽 어깨가 기울어진 채 몸을 좁게 웅크리고도 싫은 내색 없이 밝게 웃으며 손가락 브이를 그리고 있었다.

'우리 다온이는 말도 안 통하고, 늘 친구들을 불편하게 하고, 밥도 손으로 먹고, 땀 냄새도 나고, 짜증 나면 빼액 소리를 지르고 뒤로 발라당 드러눕는데… 그런 우리 아이에게

기꺼이 어깨를 내어주는 친구가 있다니!'

"제가 재민이랑 앉을게요" 하는 수현이의 목소리가 메아리처럼 귓가에 울려왔다.

다온이는 예안이와 가위바위보 하기를 특히 좋아했다. 다른 아이들과 할 때와 달리 예안이와 가위바위보를 할 때는 자신이 이겼기 때문이다. 예안이는 어느 날 선생님의 귀에다 이렇게 속삭였다고 한다.

"선생님, 있잖아요. 이건 비밀인데요. 다온이는 가위바위보를 하면 늘 바위만 낸다요? 사실 다른 친구들도 그걸 다 알고 있어서 다온이는 늘 져요. 그래서 저는 일부러 가위를 내줘요. 그럼 자기가 이겼다고 신나서 팔짝팔짝 뛴다요? 그게 귀여워서 그냥 다온이랑 할 때는 가위를 내요."

예안이는 처음으로 긍정적 또래 관계를 경험하게 해준 친구였다. 사실 대부분 예안이의 양보로 유지되는 관계였다. 예안이의 배려 덕분에 다온이는 친구와 같이 노는 것도 혼자 노는 것만큼이나 즐겁다는 걸 배웠다. 아주 무겁고 굉장한 첫걸음이었다.

아직은 엄마가 전부인 다온이의 세상은 머지않아 달라

질 것이다. 엄마가 아무리 노력해도 채워줄 수 없는 자리가 점점 늘어날 것이다. 늘 바란다. 연민이라도 좋고 깍두기만 시켜줘도 좋으니 내 아이에게 자리 한편, 역할 하나, 마음 한 조각을 허락해 주는 친구를 만나게 해달라고. 반에서, 아니 전교에서 한 명만이어도 좋다고.

이 바람은 나의 능력과 노력만으로 이뤄지는 게 아님을 안다. 크든 작든 나와 연이 닿은 사람들에게 친절한 이웃이 되고자 애쓰는 것, 스치듯 만나고 두 번 다시는 보지 못할 이름 모를 누군가에게 정중한 타인이 되고자 노력하는 건 그 때문이다. 수현이와 예안이에게 배운 그 마음으로. 상대의 보답을 기대하지 않는 작은 친절을 베풀고, 조금 손해 보더라도 타인이 덜 상처받을 수 있는 길을 가는 거다. 내가 누군가에게 건넨 그 마음이 돌고 돌아 언젠가 내 아이의 마음도 어루만져 주길 바라면서. 민들레 꽃씨를 불듯 작은 친절을 세상 어디로든 불어넣는 거다. 무수한 꽃씨들 중 어느 하나는 많은 세상을 돌고 돌아 다시 내 아이의 마음에 내려앉아 주길 바라면서.

발달은 느리고 마음은 바쁜 아이를 키웁니다

우리 아이가

릴레이 선수라고요?

"여보, 다온이 운동회··· 그냥 빠질까?"

"무슨 소리야, 당연히 가족 모두 참석해야지."

남편은 작년 운동회를 기억이나 하는 걸까. 작년의 다온이는 운동회의 시작부터 끝까지 불안에 떨며 울다 그쳤다를 반복했다. 낯선 곳에 홀로 버려진 아기처럼, 맹수에게 포위당한 어린 고양이처럼.

다가오는 다온이의 운동회가 두려웠다. 다온이는 낯선 장소, 실내에서 울리는 마이크 소리, 사람 많고 어수선한 상황에 특히 취약하다. 빛과 소리가 뒤섞인 공간에서는 자기도 모르게 고슴도치가 되어버린다. 운동회가 끝날 때까지 다온이의 꽁무니만 쫓아다니며 노심초사할 게 뻔했다. 보는 눈이 얼마나 많을지, 사람들 눈에 다온이가 얼마나 부족해 보일지, 이런 다온이를 키우는 내가 얼마나 불쌍해 보일지, 혹시 그 사람 많은 곳에서 충동성이 올라와 친구를 밀기라도 한다면? 생각만 해도 마음이 착잡했다.

나는 다온이가 부끄럽지 않다. 느리지만 조금씩 성장하는 모습이 자랑스럽고 기특하다. 하지만 또래와 함께하는 단체 행사에 참여하고 나면 늘 마음이 무너진다. '표준'의 척도가 분명한 세상에서 비교는 지옥이다. 아이가 새로운 경험을 하고 그 안에서 배움을 얻었음에 기뻐하기보다 내 아이는 여전히 또래와 다른 아이임을 실감하고 좌절하고 만다.

선생님의 단체 구령만으로 척척 움직이는 아이들, 낯선 빛과 소리를 두려워하지 않고 뛰노는 아이들, 음악이 나오면 귀를 막지 않고 리듬을 타는, 경기가 끝나면 알려주지 않아도 어느 팀이 이겼는지 파악할 줄 아는, 선생님이 "○○반 모이세요!" 하면 그 아래로 쪼르르 달려가는 그런 '평범'한, 그리고 대단한 아이들. 그 아이들과 우리 다온이를 번갈아 본다. 그러면 반대 방향으로 가는 무빙워크에 잘못 올라탄 사람처럼 황망하고 무력하게 '일반인'들의 세계와 점점 멀어지는 내 모습을 발견하게 된다.

다온이를 운동회에 참석시킬지 말지를 의논하는 나에게 담임선생님은 뜻밖의 대답을 하셨다.

"어머니, 다온이 지금 릴레이 연습도 하고 있는데요?"

"네? 다온이가 릴레이를요? 설마 반 대표는 아니겠죠?"

"어머니, 우리 다온이 달리기 잘해요. 반 아이들의 절반 정도가 선수로 뛰는데 다온이가 달리기 시합에서 절반 안에 들었어요."

다온이의 불참 가능성은 생각도 안 하신 듯한 선생님의 반응에 깜짝 놀랐다. 선생님은 늘 그런 분이셨다. 다온이의 특성을 배려하면서도 언제나 다른 아이들과 동등한 기회를 주셨다. 다온이가 릴레이 선수에 뽑히지 않아도 누구도 (엄마조차도) 이상하게 생각하지 않을 텐데도, 다온이가 릴레이 선수가 되면 신경 쓰실 일이 몇 배는 더 많아질 게 분명한데도, 기꺼이 본인의 수고를 감수하고 다온이에게 기회를 주시는 분이었다. 선생님께서 말씀하시길 달리기는 곧잘 하지만 바통 터치가 번번이 안 된다고 하셨다. 실컷 잘 달려와서는 터치 타이밍에 바통을 친구에게 건네주는 대신 멀리로 던져버린단다.

"바통 터치만 되면 릴레이 선수로 뛸 수 있어요. 다온이에게 좋은 경험이 될 거예요. 우리 같이 연습시켜 봐요!"

집 나간 정신이 돌아왔다. 참여를 고민했던 내가 부끄러웠다. 선생님도 이렇게 애써주시는데 엄마인 내가 못할 게 뭐야? 낯선 환경에 노출되기를 지레 겁먹고 피하는 건 아이를 위한 일이 아니다. 실패하더라도 분명 얻는 게 있을 것이다. 혹시라도 성공하면 다온이에게 더없는 자양분이 될 것이다. 작은 성공에 목마른 아이니까. 오늘부터 특훈이다!

"다온아, 따라 해봐. 1번, 신우에게 바통을 받는다. 2번, 바통을 들고 달린다. 3번, 바통을 민주 손에 갖다 준다. 자, 같이 해보자.

"다온이는 던지면 돼, 안 돼?"

"던지면 안 되지. 어떻게 하는 거라고 했지?"

"던지면 민주가 아파? 다온이는 혼나?"

"아니, 그건 아니지만 던지지 않고 친구 손에 쥐야 해. 바통을 던지면 민주가 출발할 수 없고 다온이 팀 친구들이 모두 속상하게 돼. 엄마랑 연습해 보자.”

남편과 내가 각각 선발, 후발주자가 되어 바통을 받는 상황을 연습해 보았다. 다온이는 터치 타이밍이 가까워 오자 또다시 바통을 던졌다. 몇 번을 반복해도 결과는 역시나였다. 아이는 마치 아주 신이 난 사람처럼 깔깔 웃었다. 즐거워서 웃는 게 아니라 무안함을 들키지 않기 위한 웃음이었다. 처음에는 다온이가 각성이 올라 흥분을 주체하지 못해서 바통을 던지는 줄 알았는데 그게 아니었다. 바통을 제대로 전달할 자신이 없어서 던져버리는 거였다. 바통 터치 순간을 모면하고 싶은 거였다. 어려워서. 자신이 없어서. 막막해서.

“다온아, 바통을 던지면 돼, 안 돼?”

“안 돼.”

“그래, 안 되지. 던지지 말고 민주 손에다가 주는 거야. 자, 다시 해보자.”

“싫어. 다온이는 자꾸 던져. 다온이는 못 해.”

거듭된 실패로 풀이 죽은 다온이는 방으로 들어가 책상 밑에 숨어버렸다. 머리로는 아는데 손발이 안 따라주니 속상한 것 같았다. 상황 인지도 낮고, 손발 협응도 부족하고, 감정 컨트롤도 미숙한 아이다. 멀티태스킹이 안 되는 다온이에게 바통 터치는 너무 복잡하고 어려운 과업이었다. 어르고 달래 봐도 등껍질 속에 단단히 들어앉은 아기 거북처럼 다온이는 고개를 파묻은 채 꼼짝도 않았다. 네가 그렇게 나온다면 작전을 바꿔야지.

"그래, 다온이가 안 하고 싶으면 하지 말자."

나는 마치 릴레이를 까맣게 잊은 사람처럼 행동했다. 몇 시간이 흘렀다.

"다온아! '엄마 손에' 호비 인형 좀 갖다 줄래? 얼른 뛰어와! 빨리빨리!"

다온이는 영문도 모르고 멧돼지처럼 달려서 호비 인형을 엄마 손에 착 얹어주었다. 이 순간을 놓칠 수 없지.

"다온이가 던지지 않았구나! 던지지 않고 '엄마 손에' 갖다 주었구나. 정말 잘했어! 던지지 않고 손에다 갖다 주는 거야. 릴레이도 이렇게 하는 거야!"

다온이는 약간 으쓱해진 표정이었지만 "다온이는 안 해"라고 말했다.

"그래, 그래. 다온이가 싫으면 안 하지."

"다온아, 엄마 손에 칫솔 좀 빨리 갖다 줘. 뛰어와서 엄마 손에 줘!"

"다온아, 식탁 위에 있는 사과를 엄마 손에 좀 갖다 줄래? 빨리 뛰어와!"

"다온아, 양말 벗어서 엄마 손에 빨리 갖다 줘!"

"정말 잘했어. 다온이 대단해. 손에 갖다 주는 거 정말 쉽다. 그치? 릴레이도 이렇게 하는 거야. 뛰어서 민주 손에 바통을 갖다 주면 되는 거야."

다온이는 조금씩 자신감을 얻어 갔다.

"어머니, 다온이가 릴레이 연습에서 처음으로 바통 터치에 성공했어요! 다온이가 너무 기뻐했어요. 폴짝폴짝 뛰며 함박웃음을 지었어요. 저도 친구들도 모두 손뼉 쳐 주었어요."

담임선생님께서 다온이가 바통터치에 성공한 장면이 담긴 동영상을 보내주셨다. 다온이가 기특하고 자랑스러웠다. 기회를 주신 선생님께도 다온이를 다그치지 않고 기다려 준 친구들에게도 고마웠다.

'우리 다온이가 해냈구나. 정말 잘했어. 기특하고 또 기특한 내 새끼. 사랑스러운 내 새끼… 불쌍한 내 새끼…'

기쁜 마음으로 영상을 돌려보던 나는 그 자리에 그대로 엎어져 엉엉 울고 말았다. 행복한데, 기쁜데, 기특한데… 마음이 미어졌다. 왜 다온이가 새로운 도전에 성공한 날에도 온전히 기뻐할 수 없는 걸까. 다른 아이들에겐 자연스러운 것들이 우리 다온이에겐 하나하나가 넘어야 할 높은 문턱이라는 사실이 실감되어 슬펐다. 앞으로도 무수한 장애물이 다온이를 기다리겠구나. 우리가 그때마다 잘 해낼 수 있을까. 평범함을 연습하는 일상이, 낙오되지 않으려 허덕거리며 남의 뒤통수를 쫓아가는 삶이 나와 다온이의 운명일까.

먼 미래를 보다 보면 늘 '막막함'이라는 안개에 잠식되고 만다. 내 자신에게 되뇌었다. '멀리 보지 말자. 최악의 상황을 가정해 미래를 대비하되 하루하루는 희망을 잃지 않고 작은 성공에 기뻐하며 살아가자.'

실전에서 성공할 수도 있고 못할 수도 있지만, 이번 경험을 통해 바통 터치를 할 수 있는 아이가 되었으니 되었다. 며칠 뒤면 실전이다. 성공하든 실패하든 다온이를 번쩍 안아 들고 정말 잘했다고, 열심히 연습하고 용기 있게 도전한 모습이 너무 멋지다고 칭찬해 줄 거다.

자폐스펙트럼 아이의

운동회

실내운동장은 마이크 테스트, 선생님의 구령, 아이들의 함성, 관람객들의 수다로 떠들썩했다. 다온이는 아니나 다를까 뻣뻣하게 굳어버렸다.

"안 가고 싶어."

다온이는 입구에서부터 엉덩이를 뒤로 빼고 내 팔을 잡아당겼다. 얼굴에 '불안해, 낯설어, 시끄러워'라고 쓰여 있었다.

"다온아, 그동안 운동회 연습한 것 기억나지? 바로 오늘을 위한 거야. 저 안에 들어가면 친구들과 선생님이 모두 너를 기다리고 있어. 네가 꼭 함께해야 해."

겨우 어르고 달래어 들여보냈건만 아니나 다를까. 다온이는 준비운동을 채 마치지 못하고 울기 시작했다. 아이의 얼굴이 숯불에 구운 고구마처럼 벌겋게 달아올라 있었다.

"다온아, 집에 가면 편안하고 안전하겠지. 하지만 영영 운동회에 대해 배울 수 없게 돼. 연습했잖아. 해보자. 응? 다온이도 할 수 있어."

"그러면 엄마랑 같이 할래."

다온이는 결국 준비운동도, 경기도, 대열 이동도 나와 함께했다. 오밀조밀한 아기 완두콩들 사이에서 나 혼자 콩나물처럼 삐죽하게 솟아 있었다. 부끄럽고 민망한 마음이 없었다면 그건 거짓말이다. '괜찮아. 다온이도 지금 누구보다 애쓰고 있을 거야. 내 존재가 다온이에게 힘이 되고 용기가 된다면야 콩나물이든 전봇대든 못 될 게 뭐야?'

개인 달리기 순서였다.

"다온아, 달리기는 엄마랑 같이 할 수 없어. 엄마는 결승선에서 기다리다가 다온이가 달려오면 꼭 안아줄게. 알겠지?"

발달은 느리고 마음은 바쁜 아이를 키웁니다

엄마 손을 놓고 친구들과 남은 다온이는 불안하고 불편해 보였지만 처음처럼 울지는 않았다. 선생님의 호루라기 소리에 맞춰 친구들이 출발했다. 이리저리 상황을 살피다 늦게 출발한 다온이는 꼴등으로 결승선을 통과했다. 자신이 꼴등이라는 걸 알아차리기 전에 아이를 번쩍 안아들고 호들갑스런 축하의 말을 건넸다.

"다온이가 친구들과 함께 달리기를 해냈구나! 정말 대단하다. 다온이가 정말 자랑스러워!"

선생님께서는 감사하게도 모든 아이에게 1등 도장을 찍어주셨다.

"다온아, 1등 도장 받은 거 축하해. 그런데 엄마는 네가 2등이어도 좋고 3등이어도 좋고 4등도 좋아. 친구들이랑 달리기를 함께한 게 가장 좋은 일이야. 엄마는 다온이 덕분에 행복해."

그날의 다온이는 누가 봐도 또래 아이들 중 가장 뒤처지는 아이였다. 하지만 그 모습이 전처럼 서글프지 않았다. 운동회가 끝날 때까지 상황 파악을 하지 못했던 작년과는 달랐다. 낯설어서 울고 불안해서 엄마와 떨어지기 싫어했지만 아이는 분명 인지하고 있었다. 운동회라는 상황에서 자신에게 어떤 행동이 끊임없이 요구되고 있으며, 이 날을 위해 며칠간 연습을 했으며, 지금이 실전의 순간이라는 걸. 그것이 기쁘고 기특했다.

"운동회의 꽃! 릴레이 경기가 시작됩니다. 선수들 나와서 준비해 주세요."

다온이가 릴레이 선수들이 입는 조끼를 갈아입었다. 등번호가 적혀 있었다. 17번이었다. 그 번호는 다온이만 가질 수 있는 번호였다. 우리 아이에게 역할이 부여된 거다. 마음이 벅차올랐다. 경기 시작 직전, 담임선생님은 양손으로 다온이의 볼을 감싸 쥐고 뭔가를 계속해서 말씀하셨다. 나도 끊임없이 텔레파시를 보냈다.

'달려서 친구 손에 주는 거야. 던지지 않고 친구 손에 주는 거야.'

출발 신호와 함께 4세 아이들이 바통을 들고 달리기인지 경보인지 헷갈리는 귀여운 경주를 시작했다. 이게 뭐라고 이렇게 떨릴까. 이게 뭐라고 이렇게 마음이 벅찰까. 다온이는 넋이 반쯤 나간 듯한 표정으로 주변을 두리번거리고 있었다. 16번 친구가 달리기 시작했다. 선생님은 다시 한번 다온이에게 뭐라고 속삭이셨다. 16번 친구가 다온이에게로 달려왔다. 다온이의 눈에 일순간 명료한 결심 같은 것이 일었다. 바통을 넘겨받았다. 잠시 얼어 있던 다온이는 자신의 행로를 찾아 달리기 시작했다. 짧은 질주가 끝나고 다온이는 드디어, 마침내, 결국! 18번 친구의 손에 바통을 내려놓았다.

해냈구나. 그렇게 열심히 연습했는데… 결국 해냈구나. 얼마나 떨렸을까. 얼마나 불안했을까. 충동을 참느라 힘들었을 거야. 그래도 그걸 다 이겨내고 해냈구나. 다온이는 자기 순서를 마치자마자 까치발을 하고 고개를 두리번거리며 엄마를 찾았다. 나와 눈이 마주친 다온이는 마치 결승골이라도 터뜨린 선수처럼 행복하고 자부심 넘치는 표정으로 엄마에게 달려왔다. 아이의 함박웃음, 아이가 입은 파란색 조끼, 나를 향해 벌린 팔, "우와아아!" 하는 우렁찬 고함, 자신의 성공을 확신하며 나에게 달려오는 모습이 슬로모션 같았다. 다온이를 품에 안고 무수한 사랑의 말을 쏟아주었다.

"다온아, 정말 잘했어. 걱정되고 떨렸을 텐데 결국 해냈구나. 열심히 연습하니까 다온이도 잘할 수 있었어. 엄마는 다온이가 너무 자랑스러워."

"다온이는 던졌어? 안 던졌어?"

"우리 다온이는 안 던졌지. 엄마랑 약속한 대로 친구 손에 주고 왔어."

"던지면 돼, 안 돼?"

"다온이는 던지지 않았어. 그리고 다온아, 엄마는 다온이가 성공해서 기쁜 게 아니라 다온이가 도전해 줘서 기쁜 거야. 다온이가 성공하든 실수하든 엄마는 다온이가 정말 자랑스러웠을 거야."

"맞아. 다온이는 안 던지고 잘했어."

칭찬을 해도 자기가 뭘 잘했다는 건지 긴가민가하던 아이였는데… 그날의 다온이는 "맞아. 나는 잘했어" 하고 확신에 차서 말했다. 다온이가 성취감을 느꼈다는 사실이 정말 기뻤다. 내 아가, 이 감정을 잘 기억하렴. 앞으로 너를 이끌어 줄 아주 중요한 마음의 동력이란다.

주변 학부모들은 저 아줌마가 왜 릴레이 경주 한 번에 저렇게 짱구 눈물을 콸콸 쏟는지 이해하지 못할 것이다. 유난스러운 엄마라고 생각했을지도 모른다. 그럼 좀 어떤가. 내 옆에는 울고 있는 나를 한없이 쓰다듬으며 "모든 게 당신 덕분"이라고 말해주는 남편이 있고, 다온이의 성공에 덩실덩실 엉덩이춤 세리머니를 보여주는 첫째가 있고, 자신의 성공

발달은 느리고 마음은 바쁜 아이를 키웁니다

을 확신하고 기뻐하는 다온이가 있는데.

"선생님, 감사합니다. 다온이에게도 저희 가족에게도 너무나 소중한 경험이었어요. 모든 게 선생님 덕분이에요."

선생님은 다온이가 또 한걸음 성장했다고 말씀하시며 내 손을 꼭 잡아주셨다. 그 손의 온기를 오래도록 잊지 못할 것이다.

외면하고 싶지만 안다. 한 번의 성공 경험으로 희망을 품기엔 세상의 벽이 그리 녹록지 않을 것이다. 세상으로 나가면 칭찬받기도 인정받기도 힘들 것이고, 고난도 좌절도 남들보다 몇 배, 몇십 배 많을 것이다. 매 순간 힘든 과업들이 다온이를 기다릴 것이다. 그래도 기뻐할 수 있을 때는 온전히 기뻐만 하기로 했다. 느려도 조금씩 앞으로 가는 거다. 천천히 성장하는 다온이의 보폭에 맞추어 내가 줄 수 있는 것을 줄 것이다. 시련을 마주하는 건 다온이의 몫이지만 그것을 감내할 수 있는 단단한 마음과, 고난이 망가뜨릴 수 없는 행복한 유년 시절을 만들어 주는 건 내 몫이다.

앞으로 아이를 기다릴 경험들이 실패와 좌절만 안겨주는 게 아니라, 새로운 세상에 눈 뜨게 하고 세상 밖으로 나오게 할 마중물이 되어주길. 제발 그렇길. 엄마는 그날을 기다리며 열심히 펌프질을 할게. 우리 함께 성장해 나가자, 아들.

엄마도 인간이고

선생님도 인간이니까

해가 바뀌었다. 다온이는 7살이 되었다. 새 학기 담임 발표를 이틀 앞둔 2월 중순이었다. 어린이집 원장님께 전화가 걸려왔다. 작년 담임인 하늬 선생님께서 연임해서 7세 반을 맡아주실 거라고 말씀하셨다.

'담임 배정이야 며칠 뒤면 공지사항에 뜰 텐데 왜 굳이 나에게 따로 전화를 주신 걸까?'

십수 년을 초등 교사로 일해온 촉이 나에게 말해주었다. 원장님은 내게 따로 하실 말씀이 있다는 걸.

"원장님, 혹시 제가 알아야 할 일이 있나요?"

원장선생님은 '곡해하지 않으시리란 걸 알기에 이야기한다'며 말문을 트셨다. 새 학기 반 배정을 논할 때 하니 선생님은 7세 반을 맡기를 망설이셨다고 했다. 묻지 않아도 그 이유가 다온이 때문이라고 짐작할 수 있었다. 섭섭한 마음은 들지 않았다. 선생님은 지난 1년간 엄마인 나도 이렇게는 못하겠다 싶을 만큼 많은 사랑과 정성을 다온이에게 쏟아주셨다. 하지만 선생님은 다온이의 엄마가 아니고 자원봉사자도 아니다. 교사를 직업으로 삼은 사람일 뿐이다. 선생님은 어쩌면 1년이라는 기한이 정해져 있기에 더욱 다온이에게 최선을 다하실 수 있었는지도 모른다. 결승점을 목표로 있는 힘껏 달려온 사람에게 결승점에 도달하자마자 다시 출발하라고 하면 누구라도 막막할 것이다. 다온이를 연임하길 원치 않는다 해서 선생님께서 지난 1년간 다온이에게 주신 사랑과 헌신이 희석되진 않는다. 연임을 망설이신 선생님의 마음도 이해되었다.

"다온이를 가르치기에 제 능력이 모자란 것 같아요"라고 하셨단다. 그 한마디를 하기 위해 얼마나 많은 감정을 누르고 다듬어 말을 고르셨을지 짐작되었다. 아이를 탓하지 않

발달은 느리고 마음은 바쁜 아이를 키웁니다

고 자신을 낮추는 방식으로 완곡한 거절을 하신 거다. 그럼에도 다온이를 가장 잘 돌볼 수 있는 사람이 본인뿐이라는 데 동의하셨고, 결국 1년 더 다온이의 담임을 맡기로 하셨다고 했다.

"어머니, 올 한 해는 하니 선생님께 너무 감사해하지도, 너무 미안해하지도 마세요. 그저 선생님을 믿고 지지해 드리면 충분하답니다."

이 이야기를 끝으로 원장님은 더 이상 말씀이 없으셨다. 알쏭달쏭한 말이었다. 너무 감사해하지도, 너무 미안해하지도 말라니. 한참을 곱씹고 나서야 그 의미를 깨달았다. 선생님은 어쩌면 감정 과잉 상태의 내가 버거우셨을 수도 있겠구나.

하원 때마다 마주치는 담임선생님께 늘 죄인처럼 고개를 숙이며 감사하다, 죄송하다 말했다. 아이의 문제행동을 전해 들을 때면 깊은 한숨을 내뱉곤 했고 때론 울먹이기도 했다. 두더지 잡기 같고 빛이 보이지 않는 터널을 뚫는 것 같은 이 생활이 괴로워 나도 모르게 터져 나온 한숨이고 울음이었다. 그런 내 행동들이 선생님께 부담이고 고통일 수 있다는 걸 1년이 지나서야 알게 되었다. 돌이켜보면 내 마음의 문제였다. 다온이에게 들인 시간과 노력이 쌓여갈수록 점점 더 아이의 발달에 집착하게 되었다. 내 욕심과 노력만큼 다온이가 성장해 주지 못할 때마다 억울함과 절망감이 쌓였다. 아이를 원망하고 남편을 원망하고 내 팔자를 원망하기도 했다. 아이에 대한 부정적 피드백이 나를 향한 비난의 화살이라도 되는 것처럼 스스로를 상처 입혔다. 하원 때마다 이런 나의 기대와 절망을 오롯이 마주해야 했을 선생님을 생각하니 마음이 무거웠다.

　선생님은 어떤 마음으로 다온이를 1년 더 맡겠다고 결심하신 걸까? 혹시 원장님의 부탁에 어쩔 수 없이, 차마 다온이를 저버리지 못해 울며 겨자 먹기로 담임을 맡으신 건 아닐까? 속사정을 모르는 척 이대로 다온이를 맡겨도 될까? 설령 억지로 다온이를 맡으셨다 해도 마지막까지 다온이를 사랑으로 보살펴 주실 분이라는 걸 안다. 하지만 선생님의 마음은? 선생님의 1년이라는 시간은? 다온이의 선생님이기도 했지만 나의 은인이기도 한 분이었다. 긴 고민 끝에 선생님께 전화를 걸었다.

　"선생님…"

수화기 너머로 "네~ 다온이 어머니" 하고 여느 때처럼 선생님의 밝은 목소리가 들렸다.

말씀드렸다. 내 희망과 절망, 조급함과 두려움을 선생님께 여과 없이 보여서 죄송했다고. 교사로서 십수 년을 살아왔지만 느린 아이 엄마는 처음이라 나도 모르게 선생님께 너무 의지했다고. 선생님은 가만히 내 이야기를 들어주시며 괜찮다고, 다온이를 위해 내가 얼마나 애쓰고 있는지 알기에다 이해한다고 말씀하셨다. 난 괜찮지 않았다. 내가 준비한 본론을 선생님께 꺼내야 했기 때문이다. 눈 질끈 감고 삼켜 버리고 싶지만 그래도 꺼내야 했다.

"선생님, 혹시라도 어쩔 수 없이 7세 반을 맡게 되신 거라면, '1년만 더 견디자' 하는 마음으로 새 학기를 준비하고 계신 거라면 다온이가 어린이집을 옮길게요."

"아니 어머니, 그게 무슨 말씀이세요?"

오해 없이 말을 마치고 싶어서 말을 하는 중에도 고민하고 또 고민했다. 감정이 격해져 자꾸만 끊기는 말을 겨우겨우 이어갔다.

"다온이는 어쩌면 선생님께 받을 수 있는 최대치의 사랑을 이미 받았는지도 몰라요."

수화기 너머로 조금의 망설임이 오간 뒤 선생님은 말씀하셨다. 목소리가 젖어 있었다. 다온이와 함께한 시간이 힘들기만 했던 건 아니라고, 교사로서 행복하고 보람된 순간도 많았다고 하셨다.

"다만 다온이가 활동 거부를 하거나, 약물 부작용 증상을 보일 때, 돌발 행동을 할 때, 순간적 판단으로 최선의 대처를 해야 하는 것이 어려웠어요. 다온이가 저의 온전한 집중을 필요로 하는 순간에 저의 손이 미치지 못할 때도 있었고요. 제가 돌봐야 할 아이는 다온이 한 명이 아니었으니까요. 때론 두려움을, 때론 무력감을 느꼈던 것 같아요."

특수학급에 가야 할 아이를 일반학급에서 돌보시며 홀로 고군분투하셨을 선생님의 1년을 헤아려 보았다. 힘들고 때론 원망스러울 수도 있었을 텐데 그 와중에도 선생님은 당신의 최선이 다온이와 반 아이들에게도 최선이 맞는지를 고민하고 계셨다. 그 부분에 대해선 누구보다 내가 확실하게 말할 수 있었다. 최선의 대처가 무엇인지는 몰라도 최선의 선생님이 누구인지는 분명히 알았으니까.

"선생님, 선생님이 다온이의 최선이에요. 다온이의 성장을 함께 기뻐해 주고, 무엇이든 경험시켜 주고 싶어 하고,

아이의 강박과 불안을 이해해 주시는 하늬 선생님이요. 다온 이에게 선생님보다 더 좋은 선생님은 세상 어디에도 없을 거예요. 저는 진심으로 그렇게 믿어요."

온 마음을 모아 말씀드렸다. 혹시 지금도 마음이 버거우시다면 아주 작은 힌트만 달라고, 그러면 아무 내색 없이 기관을 옮기겠다고. 진심이었다. 선생님이 내 아이에게 주신 사랑에 대한 최소한의 보답이었다. 하지만 마음 한편으로 간절히 빌었다.

'선생님, 제발, 제발 우리 다온이의 손을 놓지 말아주세요.'

"어머니, 그 말을 들으니 신기하게도 마음속 깊은 곳에서 용기가 나요. 정말 마법처럼 모든 게 괜찮아졌어요. 힘들었던 1년이, 고민했던 시간들이 그 말 한마디에 다 녹아내리는 것 같아요. '제가 다온이의 최선'이라는 어머니의 말씀에 용기를 내서 내년에도 다온이를 잘 가르쳐 볼게요."

그 순간, 세상 모든 빛과 온기가 나를 감싸 안는 것 같았다. 정말 괜찮으시냐고 연거푸 되물었다. 선생님의 목소리에는 어느새 흐느낌이 사라지고 특유의 긍정적 에너지가 돌아와 있었다.

"어머니, 우리 올해도 힘내서 다온이를 키워봐요!"

그 말은 내가 지금껏 세상에 베푼 모든 작은 호의에 대한 보답과도 같았다.

다온이를 낳아 기르기 전에는 느린 아이의 세계를, 그 부모가 짊어진 삶의 무게를 짐작조차 못했다. 그런 '불행한' 일들은 내 삶과는 아무런 관련도 없는 일이라고만 여겼다. 그런데 세상에는 자신이 살아보지 않은 다른 삶에 기꺼이 뛰어들어 종아리를 걷어붙이고 내 일처럼 돕는 사람이 있었다. 하늬 선생님이 꼭 그랬다. 다온이는 하늬 선생님의 사랑과 가르침 아래 무럭무럭 자라 누리 과정을 마치고 무사히 어린이집을 졸업했다. 하늬 선생님 덕분에 세상에는 여전히 좋은 사람이 더 많다는 믿음이 생겼다. 좋은 사람들이 받치고 있는 이 세상이 아직은 살 만한 곳이라는 새삼스런 희망도 생겼다. 그분은 엄마로서의 나에게 희망과 위로를 주었을 뿐 아니라, 교사로서의 나에게 사명감과 부채감을 동시에 안겨다 주었다. 언젠가 내가 다시 교단에 서면 그분이 내 아이에게 주었던 사랑을, 내게 주었던 희망과 위로를 누군가에게 꼭 돌려줄 것이다. 지금의 나처럼 울며, 두려워하며, 가슴 한편에 희망과 절망을 동시에 품고 자신의 아이를 품어줄 선생님을 간절히 기다리는 누군가에게.

선생님, 감사합니다. 당신은 내 아이에게 바다이자 등대이고, 닻이자 돛이었어요.

5장

살다 보면 좋은 날보다
힘든 날이 더 많데이

"어머님, 다온이 복지카드 나왔어요. 다온이 이름이랑 사진 밑에 '중증장애'라고 쓰여 있어요."

수화기 너머의 시어머니는 한동안 말씀이 없으셨다.

"괜찮을 줄 알았는데요. 복지카드를 볼 때마다 눈물이 나요. 서랍을 열 때마다 흠칫흠칫 놀라서 카드를 뒤집어 놓았어요."

깊은 한숨과 함께 "그래, 네가 고생했다"라는 대답이 돌아왔다.

몇 시간 뒤 시어머니는 내 통장으로 10만 원을 부쳐주셨다. 이게 무슨 돈인지 여쭤보니 소고기 사 먹으라고, 이럴 때일수록 먹어야 기운이 난다고 하셨다.

"다준이 엄마야, 내가 있제. 니 힘든 거 안다. 고생하는 것도 안다. 다 아니께 기운 내라."

으레 하시는 말씀이거니 "네, 감사합니다" 하고 말았다. 그런데 이상하게도 그 한마디가 며칠간 내 귓가를 들락거렸다. 그 말을 곱씹고 또 곱씹던 나는 한겨울에 찜기에서 갓 꺼낸 찐빵을 손에 들고 호호 불었을 때와 같은 꼭 그런 온기가 내 몸에 전달되고 있음을 느꼈다.

'너의 힘듦을 내가 안다.' 이게 그렇게 강력한 힘이 있는 말인가? 흔하디 흔한 말이라 지금껏 이 말이 가진 힘을 몰랐다.

"내가 살아보니 있제. 좋은 날보다 힘든 날이 더 많데이. 젊을 적에는 내 인생만 그런가 싶었는데 이 나이 먹고 나니 사람 사는 게 다 그렇더라. 그래도 살다 보면 좋은 날도 있데이. 참고 기다리며 살다 보면 언젠가 좋은 날도 온다는 거, 다들 그거 하나 바라고 사는 거다."

발달은 느리고 마음은 바쁜 아이를 키웁니다

나에게 좋은 날은 다온이가 괜찮아지는 날인데, 그런 날이 올까. 눈 맞춤이 되니 말을 안 하는 게 문제고, 드디어 말이 트이니 사회성이 없는 게 문제고, 또래에 관심을 좀 보이나 싶으니 단체 생활에서 문제행동이 나오고, 이제 겨우 문제행동이 잡히나 싶으니 약물 부작용이 나왔다. 정말로 괜찮아지는 날이 올까?

　　"야야, 무슨 소리 하노. 사람 인생 길다. '내가 이거 보려고 지금껏 살았구나' 싶은 날도 분명 온데이."

　　'아니에요. 어머님. 우리 다온이는 어쩌면 영영 괜찮지 않을지도 몰라요.'

　　내가 기다려야 할 '좋은 날'은 아마도 '다온이가 괜찮아지는 날'이 아닐 것이다. '다온이가 다온이 자체로도 괜찮은 날', '다온이가 괜찮지 않아도 내가 괜찮은 날'이 내가 맞이할 수 있는 가장 좋은 날이겠지. 괜찮아지지 않아도 괜찮은 날이 오면 정말로 마법처럼 모든 게 괜찮아질까.

　　한때는 인생이 밝고 즐겁고 아름다운 것들로 가득 차 있는 줄 알았다. 내 삶은 반짝반짝 빛날 거라고 당연히도 그럴 거라고 믿던 시절이 있었다. 하지만 그 시절의 나보다 지금의 내가 더 소중하고 든든하다. 막연한 낙관과 철없는 설렘만 가득했던 시절, 쉽게 설레고 쉽게 행복하고 또 쉽게 실망하고 쉽게 슬퍼했던, 순수하고 해맑았으나 여물지 못했던 과거의 나보다 지금의 내가 더 믿음직하다.

인생은 내 맘대로 안 되고, 타인은 더더욱 내 맘대로 안 되며, 가족도 결국은 가장 사랑하는 타인일 뿐이어서 때로는 가장 내 맘대로 안 됨을 아는 나. 불운은 누구의 인생에나 불쑥 찾아올 수 있고 나와 내 가족 역시도 그로부터 자유로울 수 없음을 아는 나. 그리고 그 사실을 알더라도 그것을 유난한 슬픔으로 여기지 않는 나. 꿈도 많고 욕심도 많았지만 내게 주어진 오늘을 살기 위해 그것들을 기꺼이 내려놓을 수 있는 내가 더 믿음직하다.

시어머니의 말씀이 맞다. 대부분의 인생은 좋은 날보다 힘든 날이 많을 것이다. 그럼에도 불구하고 사람들은 좋은 날을 기다리며 힘든 날을 살아간다. 힘든 날을 견디는 원동력은 뭘까? 어쩌면 그것은 근거 없는 낙관이나 막연한 희망이 아니라 '책임감'. 그래, 책임감 아닐까? 내가 건사하고 있는 가족에 대한 책임감. 내가 맡은 일에 대한 책임감. 미래의 꿈에 대한 책임감. 그리고 나만이 끝낼 수 있으나 결코 함부로 놓을 수 없는, 내가 온전히 쥐고 있는 내 생에 대한 책임감.

언젠가 찾아올 좋은 날을 기다리며 내 인생과 가족과 일에 대해 책임감을 갖고 사는 것. 그렇게 살다 보면 반짝반짝하고 설레고 새로운 것들이 주는 행복과 즐거움 같은 보상은 없어도 그런 가볍고 일시적인 가치보다 훨씬 묵직하고 뜨끈뜨끈하고 지속 가능한, 이를테면 '삶의 보람' 같은 것들이 보상으로 주어질 것도 같다.

이토록 미련한

진정성

20살 때부터 15년을 서울에서 살았다. 대학 생활을 시작한 곳도, 첫 직장도, 우리의 신혼집도 서울에 있었다. 친정이 있는 부산으로 이사를 한 건 안정적인 육아와 재활치료를 위해서였다. 도망치듯 부산으로 내려온 후 몇 년 동안 정신없이 다온이의 재활치료에만 매달렸다.

"방금 다온이 진료 마쳤어. 조금 이따 만나."

이사 후 처음으로 서울을 방문한 날이었다. 다온이의 장애인 등록에 필요한 진단서를 받기 위해서였다. 장애 진단

발달은 느리고 마음은 바쁜 아이를 키웁니다

서는 신촌 세브란스병원에서 받기로 했다. 자폐 아이를 데리고 부산에서 서울로 진료를 보러 가는 일은 예상보다 더 고되었다. 지하철, 기차, 버스, 택시가 차례로 다온이와 나를 실어다 날랐다.

낯설고 불안하고 지겹고 피곤했던 다온이는 피자 도우를 반죽하듯 내 얼굴을 구겨댔다. 소리를 지르며 주변을 뱅글뱅글 돌다가 깨진 계란처럼 바닥에 철퍼덕 퍼지기도 했다. 새벽에 시작된 일정은 오후가 되어서야 마무리되었다. 드디어 내 손에 장애 진단서가 떨어졌다. 다온이의 이름 밑에 '자폐스펙트럼장애'라는 글자가 적혀 있었다. 그 아래에 "장애인복지법 제32조 및 같은 법 시행규칙 제3조 제3항에 따라 장애 진단 결과를 통보합니다"라는 내용과 함께 세브란스병원의 직인이 보였다.

내 아이에게 장애가 있다는 인정을 받기 위해 오늘 하루 이 고생을 감내하며 지금껏 기다렸구나. 아니, 오늘 하루는 아무것도 아니지. 몇 년을 그렇게 달려왔는데 결국은 여기구나. 마음이 착잡했지만 울지 않았다. 서러운 마음을 꼭꼭 접어 서류와 함께 가방에 넣었다. 주먹을 불끈 쥐었다. 이젠 앞으로 나아가야 한다.

"다온아, 가자. 이제 엄마 친구 만나기로 했어."

부산행 기차 출발 시간까지 두어 시간 남짓이 남았다. 병원 앞으로 절친 두 명이 찾아와 주었다. 서울을 떠난 후 몇 년 만에 만나는 얼굴이었다. 친구들은 내가 기차역까지 가는 길을 함께해 주었다.

건널목에서, 도로에서, 지하철에서 다온이는 계속해서 말썽을 일으켰다. 행인들이 나를 흘끔거렸다. 친구들은 묵묵히 내 발걸음을 함께해 주었다. 창피하진 않았다. 나의 아픔을 일말이라도 비웃을 친구들이 아닌 걸 알기 때문이다. 다만 그날은 내게 너무도 서럽고 버거운 날이었다. 새로운 출발을 다짐하고 장애 진단서를 받았지만 여전히 모든 게 두려웠다. 기차역에서 친구들과 헤어지며 결국 난 울음을 터뜨리고 말았다.

"다온이 잡으러 다니느라 아무 이야기도 못했네. 이제 언제 다시 만날 수 있을까."

친구 영하가 말했다.

"여름휴가 때 너 보러 부산 갈게. 그동안 잘 지내고 있어."

두 달 뒤 여름이 되자, 그녀는 정말로 부산으로 여행을

발달은 느리고 마음은 바쁜 아이를 키웁니다

오겠다고 연락이 왔다.

"소연아, 부모님 모시고 부산 여행을 계획 중인데, 가는 김에 네 얼굴도 보고 싶어서. 이번 달에 가능한 요일과 시간 말해줄래?"

다온이의 치료 라이딩과 나머지 아이들의 육아 때문에 시간을 여유 있게 뺄 수가 없다고 말했다. 영하는 자신도 시간이 많지 않으니 부담 갖지 말고 얼굴이나 보자고 했다.

약속 당일 아침, 약속 장소로 출발하려던 찰나 영하에게 다급한 메시지가 왔다.

"기차 사고가 나서 도착이 두 시간 지연된대. 기차에 꼼짝없이 갇혔네. 약속 시간을 좀 늦출 수 있을까?"

"맙소사! 난 그 시간 아니면 안 되는데…"

한참 뒤 "할 수 없지. 잘 놀다 올라갈게. 마음 쓰지 마"라는 짧은 답장이 왔다. '며칠이나 묵고 가냐고, 내일 보면 안 되냐'는 나의 말에 친구는 '당일치기 여행'이라고 답했다. 무엇 때문이었을까. 당일치기라는 말에 정신이 번쩍 들었다.

두 달 전, '너를 보러 부산에 가겠노라'고 약속했던 나의 친구. 여행 날짜를 잡기도 전에 나의 일정을 먼저 물었던 그녀. 분명 내 시간에 맞춰서 여행 일정을 잡은 거다. 그것도 당일치기로.

"영하야! 부산역으로 갈게. 10분 만에 헤어지더라도 만나자. 얼굴 도장이라도 찍자."

두 시간이나 늦춰진 도착 시간. 기차역 앞에서 미어캣처럼 주변을 두리번거리며 친구를 기다렸다. 기차역 쪽에서 파란색 상의에 가벼운 숄더백을 멘 반가운 얼굴이 뚜벅뚜벅 걸어왔다.

"소연아!"

손을 흔들며 내게로 달려오는 친구의 모습을 보고 깨달았다. 나는 여기에 꼭 왔어야 했다. 오길 잘했다. 얼굴도 보지 않고 친구를 다시 서울로 올려 보냈다면 두고두고 마음의 짐으로 남았을 것이다.

"이렇게라도 얼굴 보니 너무 좋다."

친구는 내 손을 꼭 잡고 들뜬 표정으로 말했다.

"부모님은 어디에서 기다리고 계셔? 여기까지 오셨는데 인사라도 드려야지."

"소연아, 나 사실 혼자 왔어."

"뭐? 부모님이랑 여행 온다며? 혼자 여길 왜 왔어?"

"왜겠어. 너 보러 왔지."

발달은 느리고 마음은 바쁜 아이를 키웁니다

"뭐? 서울에서 여기까지 나를 보러 왔다고? 왜 미리 말 안 했어."

형용할 수 없는 감정이 올라왔다. 웃을 수도 울 수도 없는 얼굴로 친구의 손을 꼭 잡았다.

"말했으면 당연히 오지 말라고 했을 거잖아?"

눈물이 왈칵 났다. 얼마나 너르고 단단한 마음을 가졌기에 그럴 수 있었을까. 잠깐밖에 짬이 안 난다는 친구를 만나기 위해 서울에서 부산까지 내려오려면. 혹시라도 내가 부담스러워할까 봐 가족 여행이라고 둘러대는 것까지 마음이 미치려면. 먼 길을 달려온 약속이 깨져도 '괜찮다, 마음 쓰지 말라'고 말할 수 있으려면.

왜 나를 보러 왔냐고 묻자 친구는 '두 달 전 너의 얼굴이 너무 지치고 힘들어 보여서'라고 답했다. 대단한 위로는 안 될지라도 얼굴을 보고 손이라도 한번 잡아주고 싶어서 왔단다.

나는 친구를 와락 껴안았다. 그때 느꼈다. 오늘 받은 고마운 마음은, 이 기억은 앞으로 삶이 힘든 여러 날 여러 순간마다 나를 지켜줄 것임을.

친구는 아마도 '너는 혼자가 아니며 너를 걱정하고 사랑하는 내가 여기 있노라'는 것을 내게 증명해 보여주기 위해 먼 길을 왔을 것이다. 두 달 전의 만남에서 토끼눈이 되어 울었던 내가 마음에 밟혀, 자신이 할 수 있는 최대한의 위로를 전하러 온 거다. 그녀는 미련한 사람도 충동적인 사람도 아니다. 이성적이고 현실적인 사람이다. 그런 사람이 시간적, 경제적, 체력적 효율을 따지지 않고 내게 보여준 미련한 진정성이 내 마음을 크게 울렸다.

"영하야, 다음 일정은 어떻게 돼?"

"없어. 나 무계획이야."

"이대로 헤어지긴 너무 아쉬우니 혹시 괜찮으면 같이 다온이 치료실 투어할래?"

"어떻게?"

"다온이 픽업해서 치료실에 들여보내고 마치면 또 다른 치료실에 데려가고… 그냥 그런 일정이야. 대신 대기 시간에 실컷 수다는 떨 수 있을 거야."

"와, 너무 좋은데? 200% 만족스러운 일정이야. 잠깐 보고 헤어지는 줄 알았는데, 처음 계획보다 더 좋아!"

우리는 다온이를 태우고 치료실로 향하는 차 안에서,

치료센터의 대기실에서 많은 이야기를 나누었다. 대단한 이야기는 아니었다. 나의 근황과 다온이의 치료 진행 상황에 대해, 장애인 등록 결과와 그 후의 내 마음가짐에 대해, 그녀의 직장 생활과 우리가 함께 아는 동창들의 근황에 대해, 별것 아닌 수다였다. 그런데 그 '별것 아닌 수다'가 그때의 나에겐 산소 호흡기 같았음을 그녀는 알까. 대화의 내용은 중요하지 않았다. 언제든 할 수 있는 별것 아닌 대화를 나와 함께해 주기 위해 먼 길을 달려온 사람의 존재가 중요했다.

미세먼지 없이 하늘은 맑고 햇볕은 뜨겁고 주변이 매미 소리로 가득한 날이었다. 새삼 지금이 여름의 한복판이라는 걸 알았다. 계절이 흐르고 있구나. 1년의 반이 지나고 있구나. 나의 시계는 멈춘 것 같았는데 여전히 시간은 흘러가고 있구나. 지금 이 더위가 절정에 다다를 때쯤 태풍이 오고, 태풍이 지나고 더위가 한 김 식고 나면 찬바람이 불겠구나. 그러고는 세상이 꽁꽁 얼겠지. 다시 날이 따뜻해지고 뜨거워지고 다음 해의 매미가 허물을 벗고 땅 위로 올라올 때쯤엔 나도 다온이도 한 뼘 성장해 있을 것이다. 지금 나의 갈등과 고뇌도 그때쯤엔 과거가 되어 있을 것이다.

지구 반대편에서도 대화가 가능한 시대에 살고 있다. '좀 어떠냐'는 메시지로도, 안부 전화로도 친구의 도리는 충분했다. 나는 그녀에게 '미련하다'고 했지만 그녀가 왜 나에게 와주었는지 안다. 때로는 가장 비효율적이고 미련해 보이는 방법이 진심을 전달하는 데 가장 효과적일 수 있기 때문이리라. 시간, 비용, 체력을 써가며 오직 나를 만나러 먼 길을 와주었다는 그 행위 자체가 그 어떤 미사여구보다 '너는 나에게 소중한 사람이고, 나는 너를 걱정하고 있으며, 네가 행복해지길 바란다'는 메시지를 가장 온전하고 정확하게 전달해 줄 수 있기에.

이렇게 아날로그적이고 비효율적인 방법의 위로는 내 인생에 깊이 남을 선물이 되었다. 언젠가 나도 누군가에게 다시 웃을 수 있는 여유를, 다시 두 발을 굳건히 디디고 일어설 용기를 주는 사람이 되고 싶다. 누군가에게 다시 한번 삶을 긍정할 수 있는 이유가 되고 싶다. 그날 그녀가 내게 그랬던 것처럼.

발달은 느리고 마음은 바쁜 아이를 키웁니다

슬픔이

고통이 아닌 이유

우린 생활이 쪼들린다. 간단하고 속 시원하게 '나는 가난하다'라고 표현하고 싶지만, 그건 수도세를 못 내어 수도가 끊기고 쌀이 떨어져 라면으로 끼니를 때우는 진짜 가난한 사람을 기만하는 일 같아 관둔다. 그렇다고 우리의 생활 방식을 '절약'이라고 말하기엔 서럽고 억울하다. 절약을 하는 게 아니라 돈을 쓰고 싶어도 쓸 수가 없는 거다.

'쪼들림'의 원인은 당연히 다온이의 치료비다. 다온이의 재활과 나머지 두 아이의 안정적 육아를 위해서는 휴직을 할 수밖에 없었다. 반강제로 외벌이가 된 남편의 월급 중 3분의 1 이상이 다온이의 치료비로 나간다. 남은 금액에서 대출금과 공과금, 첫째의 교육비 등 고정 지출을 제하고 나면 우리 가족의 한 달 생활비는 보름도 못 가 마이너스를 찍는다.

그럼에도 불구하고 다온이의 치료를 줄이지 못하는 건 아이를 위한 걸까, 내 욕심과 불안 때문일까. 하지만 내 욕심은 대단한 게 아니다. 성인이 된 다온이가 최소한의 제 앞가림이라도 할 수 있길 바라는 마음이다. 우리가 조금 덜 쓰면 되니까. 몸이 조금 더 힘들면 되니까. 조금이라도 더 자립의 밑거름을 다져놓고픈 마음인 거다.

다온이가 재활치료를 시작한 후 남편은 단벌 신사가 되었다. 나는 더 이상 친구와의 약속을 만들지 않았다. 첫째는 사교육을 줄였다. 무엇보다 가장 체감되는 건 몸이 힘들어도 외식을 망설이게 된다는 거다.

피자를 먹을 땐 늘 1+1 피자를 주문한다. 분명 라지 사이즈라는데 크기도 작아 보이고 토핑도 헐빈하다. 두 판을 다 먹어도 포만감이 부족하다는 걸 매번 깨닫지만 늘 그렇게 시킨다. 파마한 지 한참 된 머리는 뿌리 부분이 봉긋함을 잃고 비라도 맞은 것처럼 두피에 달라붙어 버렸다. 초라함을 숨기려 머리를 질끈 묶고 다니면서 셀프 앞머리 파마만 반복한다. 두부 한 모, 콩나물 한 봉지를 사도 국내산은 비싸다. '애들이 먹는 건데…' 하며 몇 번을 들었다 놓았다 하다가 결국은 가장 싼 식재료를 집는다.

한번은 남편이 고기를 무한으로 리필해 주는 샤브샤브 집에 가자고 했다. 가격은 인당 2만 5,000원. 아이들까지 데려가려면 한 끼에 8만 원이 든다. 이런 배부른 놈! 숯불구이도 아니고 샤브샤브에 8만 원 지출을?

"샤브샤브를 8만 원이나 주고 먹자고? 원래 가던 샤브샤브집 가서 2인분 시키고 고기 조금 추가하면 4만 원이면 덮어쓸 텐데? 어차피 다온이 때문에 오래 앉아 있지도 못하잖아. 먹어봤자 얼마나 먹는다고 무한리필집을 가?"

8만 원. 다온이의 ABA 치료 1회 비용이다. 40분짜리 치료 한 번의 비용. 다른 치료라고 별반 다르지 않다. 10분에 만 원꼴인 치료는 하루에도 몇 개씩 척척 잘만 하는데 주말 저녁, 온 가족 다 같이 그 돈으로 샤브샤브를 먹기는 왜 이렇게 어려운 걸까.

"4만 원 차이네. 자기가 돈 아깝다는 생각 안 들게 내가 그만치 다 먹어줄 테니 오늘은 무한리필 먹으러 가자."

그날 무한리필 샤브샤브집에 간 우리 가족은 가게의 고기를 거덜 내고 왔다. 다온이의 엉덩이가 들썩거리고 몸이 베베 꼬이기 전에, 식당에 드러눕기 전에 얼른 먹어야 한다! 우린 추격이라도 당하는 사람처럼 고기가 익기 무섭게 건더기를 건져 먹고 뜨거운 국물을 흡입했다. 와, 샤브샤브 고기를 새우깡 집어먹듯 건져 먹을 수도 있는 거구나. 일등공신은 단연 남편이었다.

"와, 우리 열 접시도 넘게 리필해서 먹었다. 그렇지? 신기하네. 그동안 어떻게 가족 다섯이서 샤브샤브 2인분에 고기 두 접시 추가한 걸로 배를 불리고 왔지?"

말하는 순간 깨달았다. 당신은 지금껏 샤브샤브를 먹으면서 야채랑 죽만 먹었구나. 그것도 모르고 늘 배불리 먹어왔는데 무슨 놈의 무한리필이냐고 당신 앞에서 입을 놀렸네.

남편은 배를 두드리며 말했다.

"거봐, 돈 안 아깝지?"

"응, 정말 배부르다. 당신이 야채랑 국물 아니고 고기로 배를 채워서 너무 좋아!"

"다준이, 다온이, 다겸이 모두 다 잘 먹었니?"

발달은 느리고 마음은 바쁜 아이를 키웁니다

"응!"

첫째는 큰소리로 대답했고 다온이는 대답 대신 꺼억 하고 용트림을 했다. 남편과 나는 마주보며 깔깔 웃었다.

늦은 밤, 자기 싫다고 이리저리 도망 다니는 아이들을 억지로 붙들어 재운 뒤 남편 옆에 쓰러지듯 털썩 누웠다.

"온몸이 다 아프고 기력이 하나도 없어."

"당신, 점점 더 마르는 것 같아. 다온이 치료하려다 엄마 잡겠어. 내일 병원 가서 수액 맞아. 한의원에서 보약을 지어 먹든가."

"됐어. 마이너스 통장 터지기 직전인데 그런 걸 어찌해? 그나저나 다온이 그룹 치료비가 다음 달부터 회당 6만원으로 올랐어. 어떡하지? 너무 비싸지? 그만둘까?"

"걱정 마. 돈은 더 쓰더라도 마음은 더 쓰지 마. 돈은 내가 어떻게든 알아서 해볼게."

'니 돈이 내 돈이고 돈 들어올 구멍이 빤한데 알아서 하긴 뭘 알아서 해?'라고 대꾸하려다 말을 삼켰다. '돈은 더 쓰더라도 마음은 더 쓰지 마.' 그 한마디가 메아리처럼 자꾸만 가슴속에서 울려서. 하루의 고단함을 녹여주는 그 따뜻한 말

한마디가 고마워서.

며칠 후면 남편의 생일이다. 받고 싶은 선물이 있냐고 묻자 남편은 "난 필요한 게 아무것도 없는데"라며 뜸을 들이다가 못 이기는 척 입을 열었다.

"내가 받고 싶은 선물은 당신의 건강이야. 당신이 건강한 게 최고의 선물이야. 내 선물 살 생각하지 말고 내일 병원 가서 수액 맞고 한의원에서 보약도 지어 먹어. 일시불로 막 그어버려. 생일 선물인데 그 정도 호사는 부릴 수 있지."

순간 눈가가 시큰거렸지만 그것을 들키기 싫었던 나는 "왜, 내가 건강해지면 날 또 얼마나 부려먹으려고?"라고 말하며 가자미눈을 했다. 남편은 "안 부려먹을 테니 건강해지기나 해"라며 웃었다.

생일날 아침, 쌀뜨물을 받고 소고기를 잔뜩 넣어 미역국을 끓였다. 후다닥 밥을 마시고 출근하는 남편이 입 안을 데지 않도록 적당한 온도로 미역국을 데웠다. 국자로 미역국을 한가득 푸고 젓가락으로 냄비를 휘휘 저어 소고기를 골라 남편의 그릇에 더 얹어주었다.

출근, 등교, 등원, 치료실 라이딩까지 오전 일과를 끝낸

발달은 느리고 마음은 바쁜 아이를 키웁니다

나는 정말로 한의원을 찾았다. 30만 원이 넘는 돈을 '치료'가 아닌 '보신'의 목적으로 쓰는 게 찔렸지만 과감하게 긁었다. 남편에게 "자! 생일 선물이야!" 하며 한의원 영수증을 찍어 핸드폰으로 전송하자 '엄지 척' 이모티콘이 돌아왔다.

나는 생각했다. 내 슬픔이 고통이 아니고 내 불운이 불행이 아닌 이유는 당신 때문이라고. 우리는 절약이라기엔 서글프고 가난이라기엔 미안한 그런 일상을 살고 있다. 통돌이 세탁기에 처박혔다 나온 빨래처럼 쭈글쭈글했다가 또 탈탈 털리기를 반복하는 하루하루. 도무지 덜어지지 않는 내 몫의 노동. 내가 누군지, 뭘 좋아하는지, 뭘 할 때 행복한지를 자꾸만 잊게 되는 삶. 느린 아이와의 일상은 갈대처럼 휘어졌다가, 신문지처럼 구겨졌다가, 낙엽처럼 바스라지기를 반복하는 일이다. 그래도 나는 그 속에서 행복을 찾을 수 있다. '내가 받고 싶은 선물은 너의 건강'이라고 말해주는 사람이 옆에 있기 때문이다.

엄마가 있어서

엄마로 살 수 있었어

"지긋지긋하다, 지긋지긋해. 애도 지긋지긋하고 내 인생도 지긋지긋하다. 진절머리가 나. 쟤 하나 때문에 내 인생 꼬라지가 이게 뭐야, 진짜!"

누구에게도 이롭지 못한 말인 걸 알면서, 뱉고 나서 분명히 후회할 말인 줄 알면서도 굳이 뱉어버리고 마는 날이 있다.

다온이 덕분에 밤을 꼬박 샜다. 아이는 새벽에 갑자기 경련하듯 깨어나 온몸을 비틀며 울어댔다. 영화 〈엑소시스트〉가 따로 없다. 한두 번 이러면 응급실에 가야 하나, 119에 전화해야 하나 호들갑을 떨 텐데 사흘 걸러 한 번씩 이러니 '또 시작이네' 할 뿐이다.

　이 아이의 역린이 대체 뭘까. 그것을 찾으면 해결되지 않을까 고민하던 때도 있었다. 지나고 보니 다온이의 텐트럼에 '역린'이라는 말은 어울리지 않았다. 분노 발작 포인트가 한두 개여야 역린이지, 이건 뭐 차라리 지뢰밭이라 부르는 게 더 적합하겠다. 전날 스트레스가 있었거나 잠들기 전에 심기가 불편하거나 속이 조금이라도 좋지 않은 날은 어김없이 밤새 난리를 피운다.

　다온이의 야간 텐트럼은 주로 '조기 진화'가 중요하다. 깰락 말락 몸을 움찔거릴 때마다 양팔로 가슴을 살짝 누르고 손을 꼭 잡으며 "다온아, 괜찮아. 걱정 마. 엄마 여기 있어" 하고 안심시켜 준다. 그 과정을 몇 번이고 클리어하면 그날 밤은 무탈하다. 자면서도 더듬이를 세우는 게 습관이 된 나도 유난히 피곤한 날은 조기 진화의 골든타임을 놓쳐 버리기도 한다. 그런 날은 어김없이 사달이 난다.

　그날 밤에는 새벽에 화장실을 가려다 잠든 다온이를 깨우고 말았다. 최대한 조심히 방문을 열었는데도 후천적 미어

캣이 선천적 미어캣을 당할 재간은 없다. '본인이 잠들면 엄마가 어디론가 사라질지도 모른다'는 생각에 꽂힌 다온이는 밤새도록 나를 고문했다. 양손을 붙들고 있는 건 물론이고, 다리를 내 허리에 휘감고, 머리카락을 움켜쥐고 자려고도 했다. 엄마를 괴롭히려는 게 아니라 자신의 불안감을 컨트롤하지 못해 그러는 거다. 불안이 치솟은 다온이에겐 단호한 훈육도 친절한 설명도 안 먹힌다. 아이의 불안이 잦아들 때까지 기다려 주는 게 내가 할 수 있는 유일한 방법이다.

다온이의 장단에 맞춰주다 보면 나는 기역 자가 되었다가 디귿 자가 되었다가 몸이 이리저리 접히기를 반복한다. 이제 좀 잠들었나 싶어 내 자리를 찾으려 하면 어김없이 깨어나 고목나무에 붙은 매미처럼 내 몸에 찰싹 달라붙어 버린다. 매미는 작기라도 하지….

날밤을 꼬박 새고도 가족 중 가장 먼저 일어난 다온이는 일어나자마자 내 심지에 불을 지펴댔다. 옷장이며 서랍, 전기밥솥, 냉장고, 잠자고 있는 청소기의 먼지통까지 집안의 모든 가전, 가구의 뚜껑을 활짝 열어재꼈다. "으엥!" 2살 난 다겸이의 울음소리가 들렸다. 뚜껑 열린 전기밥솥에 손을 덴 거다. 내 뚜껑도 완전히 열려버렸다.

그때였다. '삑삑삑삑, 띠리링' 하고 현관 비밀번호를 누르는 소리가 났다. 아이들의 오전 등원을 도와주러 온 친정엄마였다. 이상한 일이다. 엄마가 왔다는 걸 안 순간 내 분노도 봉인이 해제되어 폭발하고 말았다. 혼자였다면 분명 어떻게든 삼켰을 마음인데, 굳이 엄마 앞에서 '너도 내 인생도 지긋지긋하다'는 저주에 가까운 말을 쏟아내고 말았다. 그것이 엄마나 다온이에게 상처가 될 것이라는 걸 알면서도 그랬다. 가시 돋힌 말을 뱉는다고 내가 받은 고통이 감해지는 것도 아닌데, 왜 굳이 엄마가 보는 앞에서 어쩌면 참을 수도 있었던 분노를 굳이 터뜨린 걸까. 압력솥 추를 꺾었으니 눌려 있던 응어리가 압축된 수증기처럼 터져 나올 차례였다. 주변을 더듬거려 손에 잡히는 대로 빗자루를 쥐고 다온이의 궁둥이며 허벅지를 찰싹찰싹 때렸다.

　　"적당히 해! 적당히 하라고! 너 때문에, 너 때문에 내가! 내 인생이!"

　　"으아아아아앙!"

　　다온이는 엉덩이를 뒤로 빼며 큰소리로 울었다. 그 모습을 본 엄마는 조용히 내게서 다온이를 떼어냈다.

　　"우리 다온이 오늘은 할머니랑 어린이집 가자. 일찍 나

가서 놀이터에서 좀 놀다 갈까?"

다온이는 외할머니의 바지춤 사이로 파고들며 "응" 하
고 말했다.

"애 셋 다 내가 챙겨 보낼 테니 한숨 더 자라."

엄마는 비난도 조언도 하지 않고 조용히 나를 방으로
떠밀고 방문을 닫았다. 더 자라고 하지만 잠이 올 리가 없다.
손자도 지긋지긋하고 사는 것도 지긋지긋하다는 딸의 뒤치
다꺼리하고 있을 늙은 엄마의 마음을 생각하니 마음이 아팠
다. 그래도 닫힌 방문을 선뜻 열 마음이 들지 않았다. '지긋지
긋하다'는 말을 굳이 엄마 앞에서 쏟아낸 마음은 뭘까. 나도
누군가에겐 배려받고 보호받는 사람이고 싶었다. 누군가에
겐 마음대로 행동해도 되는 사람이 되고 싶었다.

다온이를 향한 미움과 원망을 여과 없이 쏟아내어도 나
를 비난하거나 아이를 손가락질하지 않고 여전히 우리를 사
랑해 줄 사람이라는 걸 알기에 투정을 부렸던 거다. 내 설움
을 그대로 내보이는 게 엄마에게 상처가 될 줄 알면서도 그
랬다. 엄마를 향한 고마움과 미안함, 다온이를 향한 안쓰러
움과 원망이 자기 연민과 뒤섞여 짠 눈물이 되어 흘렀다. 머
리카락과 베개가 다 젖을 만큼 울다가 잠이 들었다. 흠칫 놀

발달은 느리고 마음은 바쁜 아이를 키웁니다

라 잠에서 깼을 때 지금이 아침인지 밤인지 헷갈렸다. 나른한 것 같기도, 개운한 것 같기도 했다. 소진된 것 같기도, 해소된 것 같기도 했다. 모처럼의 깊은 잠이었다.

거실로 나가니 세 아이가 아침 내 들쑤시고 떠난 집이 깨끗하게 정돈되어 있었다. 부엌에서 구수한 멸치 육수 냄새가 났다. 식탁을 보니 갓 볶은 야채들과 어묵, 김치가 정갈하게 놓여 있었다.

'간밤에 무슨 일이 있었냐, 왜 애 듣는데 그런 말을 하냐.' 엄마는 내가 예상하던 잔소리를 일절 하지 않았다. 이상하고도 따뜻한 적요였다. 세탁기가 세탁 완료를 알리는 기계음으로 정적을 깼다. 엄마는 멸치 육수의 불을 끄고 세탁실로 가 세탁물을 가져다 햇빛에 널어주었다.

"좀 더 자지, 벌써 일어났나?"

아무 일 없었다는 듯한 엄마의 행동에 아침녘의 일이 꿈처럼 아득했다.

"점심 먹게 앉아라."

쫄깃하게 삶아 대접 안에 가지런히 놓인 소면 위로 뜨끈한 멸치 육수가 부어졌다. 갖은 고명을 얹은 잔치국수를

식탁에 내려놓으며 엄마는 "면 불기 전에 얼른 먹어라. 먹어야 힘이 난다" 하고 말했다. 사랑한다는 말보다, 힘내라는 말보다 오직 나만을 위해 준비된 정성 가득한 국수 한 그릇에서 더 큰 사랑을 느꼈다. 부족하지도 넘치지도 않은 따뜻하고 구수하고 담백한 맛. 어릴 때부터 먹어왔고 지금도 가장 사랑하는 맛. 언젠가 엄마가 내 곁을 떠나고 나면 남은 평생을 영영 그리워하게 될 그 맛. 따뜻한 국물이 목을 타고 가슴으로 배로 흘러들어 갈수록 내가 가진 부정적 마음의 잔해도 함께 녹아내렸다.

엄마는 알까? 내가 지금껏 버티고 있는 게 다 엄마 덕분이라는 걸. 때로는 인생도 티브이처럼 끄거나 신문처럼 덮어버리고 싶다고 느낄 때마다 '내가 누군가에게 가장 소중한 사람이라는 믿음'이 나를 다시 살게 했다. 어린 시절의 나를 행복하고 든든하게 했고 때로는 부담스럽게도 했던 그 믿음. 늘 한자리를 향한 그 시선. 지금은 그것이 내 인생에 내려진 축복임을 안다. 언젠가는 남은 평생을 그 축복의 날들을 그리워하며 살게 되리라는 것도.

나는 내 아이들에게 '가장 필요한 사람'이지만 내 엄마에겐 '가장 소중한 사람'이다. 나를 가장 소중한 사람으로 여겨주는 엄마가 있기에 난 기꺼이 내 아이의 가장 필요한 사람이 될 수가 있었다. 간장 종지만 한 내 그릇에 서러움과 분노가 차오를 때마다 그것을 비워내고 사랑과 희망을 담을 수 있게 해준 건 늘 엄마, 엄마라는 두 글자다. '엄마'라고 부를 수 있는 대상이 있다는 것만으로도 충분히 감사한 삶이라 스스로를 다독이며, 그동안 낯간지러워 차마 하지 못했던 말을 전해본다.

사랑합니다. 내 곁에 있어줘서 고맙습니다. 당신이 있어 내 삶을 견딜 수 있었습니다.

그 구두를 신고

당신이 집으로 돌아오면은

"으악, 나 어제 신발에도 토했네. 회사에 신고 갈 구두 이거뿐인데… 돌겠네."

밤새 숙취로 끙끙 앓던 남편은 출근길 현관 앞에서 짜증 섞인 한숨을 뱉어냈다.

"우웩! 아빠 방에서 썩은 냄새가 나!"

잠에서 깨어난 첫째가 코를 막으며 뛰쳐나왔다. 다온이는 형의 말투가 재미있는지 "우웩! 우웩!" 흉내를 내며 자지러졌다.

"에휴, 이거라도 신어야겠다. 다준아, 다온아, 다겸아, 다녀올게."

신을 신발이 없다던 남편은 까치발을 하고서 신발장 맨 위에 있는 시커먼 뭔가를 꺼냈다. 촌스럽고 화려한 무광 블랙의 구두였다. 낯설면서도 묘하게 안면이 있는 구두… 저걸 언제 봤더라?

"나 갈게. 아오. 발에도 살 쪘나. 이 놈의 구두. 불편해 죽겠네."

남편은 술을 질색하지만 잦은 회식 탓에 일주일에 한 번꼴로 술이 떡이 되어 퇴근한다. 술병으로 며칠을 앓다가 이제 좀 살아나나 싶으면 다시 회식 일정이 잡히곤 한다. 술병은 그의 고질병이 되었다.

양동이로 물을 쏟아붓듯 비가 오는 날이었다. 밤 10시쯤 남편의 전화가 걸려왔다. 비가 많이 와서 회식이 일찍 파했단다. "오늘은 선방했어!"라며 한 시간 내로 집에 올 거라던 남편은 자정이 넘어도 소식이 없었다. 시간이 갈수록 짜증은 걱정이, 걱정은 두려움이 되었다.

새벽 1시. 현관문 비밀번호를 누르는 소리가 났다. "연락도 없이 왜 이제야 오는 거야! 기다리는 사람은 생각 안 해?" 하고 화를 내려 했는데, 현관 앞에 있는 남편의 몰골을 보고 뻣뻣하게 굳어버렸다. 남편은 사지육신 멀쩡하게 돌아왔다. 얼굴, 옷, 가방, 신발에까지 토사물을 잔뜩 묻힌 채로.

"이런 꼴로 와서 미안해. 너무 흉하지."

남편의 외투를 받아들자 시큼한 토 냄새, 술 냄새, 땀 냄새가 코를 찔렀다. 얼룩진 남편의 옷가지가 우리의 신세인 것만 같아 마음이 아렸다.

"비가 오니 대리가 안 잡히는 거야. 윗분들 대리 잡힐 때까지 3차나 하자고 이야기가 나와서… 그 길로 막걸리집에 들어가서는 계속 퍼마시기만 했어."

"술 못 먹어 죽은 귀신이 붙었나! 살아 돌아왔으니 됐어. 얼른 씻고 자."

남편은 머리가 깨질 것 같다며 벽 쪽을 보고 웅크리고 누웠다. 그는 나를 돌아보지 않은 채로 탄식하듯 말을 토했다.

"자기야, 난 정말 우리 가족 때문에 살고 있는 거야."

"…"

"그런데 난 이렇게 살고 싶지가 않아. 이건 내가 원한 삶이 아니야. 내 꿈은 이게 아니었어."

"피곤할 텐데 내일 이야기하고 얼른 자."

"우리 다온이 치료도 계속해야 하잖아. 그렇지? 혹시 모르니까 다온이 앞으로 얼마라도 남겨줄 수 있어야 할 텐데. 다준이, 다겸이도 제 앞가림할 때까지 먹여 살려야지. 있잖아, 나는 우리 가족을 위해서라면 뭐든 할 수 있지만 가끔씩 숨통이 막히고 억울해. 돈이랑 시간을 바꾸는 건 괜찮아. 자존심도 바꿀 수 있어. 근데 건강까지 바꾸면서 살고 싶지는 않아. 이런 식으로 수명을 갉아먹으며 살기가 싫어. 앞으로 남은 날들도 계속 이렇게 살아야 한다고 생각하면 너무…."

남편의 목소리가 탁했다. 그의 곁으로 가서 양손으로 그의 얼굴을 잡고 눈을 맞췄다. 숙취에 찌든 얼굴이 울긋불긋했다.

"잘 들어. 당신은 지금 아주 대단한 일을 하고 있는 거야. 무려 다섯 식구를 먹여 살리고 있다고. 우리 다온이는 당신이 벌어온 돈으로 열심히 치료받고 점점 성장하고 있어. 가족을 부양하는 건 힘들고 어려운 일이야. 당신은 정말 대단한 일을 하고 있다고. 모두가 한다고 해서 아무나 할 수 있는 게 아니야."

고맙다, 미안하다, 그런데 난 이런 식으로 살기가 싫

다… 남편은 한참을 두서없이 중얼거렸다. 그러다 잠들기 직전, 마치 내 아픈 마음을 헤아리기라도 한 듯 이렇게 말했다.

"하지만 있잖아. 힘든 것과 불행한 건 다른 거야. 난 행복한 사람이야."

불규칙하던 숨소리가 규칙적으로 바뀌고 드르렁드르렁 코 고는 소리가 들릴 때까지 가만히 남편의 등을 쓸어주었다.

왕복 2시간을 출퇴근하면서 승진 경쟁에 시달리고 잦은 야근과 회식으로 만성피로와 술병을 달고 사는 사람. 그 대가로 가족을 먹여 살리는 사람. 병든 닭처럼 살지만 본인을 위해서는 한 달에 10만 원도 쓰지 않는 사람. 그래도 내가 더 고생한다고 말해주는 사람. 늘 내가 몸을 누일 둥지이자 비빌 언덕이었던 사람이다. 그런 남편이 토해내듯 쏟아내는 서러운 언어들이 시리고 아팠다.

다온이가 평범한 아이였더라면 우리의 삶은 조금 덜 고달팠을까? 하지만 남편은 농담으로라도 그런 말을 한 적이 없다. 우리 가족도, 다온이도 그 자체로 소중하고 완전하다고 믿는 사람이다. 남편이 있기에 내 삶을 긍정할 수 있었다.

내 뒤를 받쳐주는 사람이 있어 오르막길을 오를 수 있었다. 남편이 있기에 때로는 마음껏 아이를 미워할 수 있었다. 미움과 원망을 깨끗이 비워낸 자리에 다시금 사랑을 가득 채워 다온이를 안아줄 수 있었다.

"나 이제 진짜 출근한다. 얘들아, 엄마 말 잘 들어. 저녁에 보자."

남편은 토사물이 묻은 컴포트화 대신 신발장 구석에서 찾아낸 낯선 구두를 신고 집을 나섰다. 단벌신사의 하나뿐인 컴포트화를 닦아주려 신발장에 쭈그려 앉은 나는 "아!" 하고 나도 모르게 외쳤다. 생각났다. 남편이 방금 신고 간 그 구두. 생소하지만 낯익은 구두. 그 구두는 우리의 결혼식 날 남편이 신었던 구두였다.

맞춤 정장 가게에서 국산 원단 대신 이탈리아산으로 턱시도를 맞추고 서비스로 받은 바로 그 턱시도 구두. 처음 신을 땐 딱딱한 것 같아도 '이탈리아산 최고급 가죽'이라 발 모양대로 가죽이 늘어나고 신을수록 부드러워져서 10년은 거뜬히 신는다던 바로 그 구두. 그 기억이 너무 새삼스럽고 반가워 혼자 웃었다.

    10년은 개뿔. 공짜는 다 이유가 있다고, 남편은 결혼식 날 딱 한 번 신은 뒤로 그 구두를 쳐다보지도 않았다. "저게 최고급 가죽이라니 이탈리아 사람들은 다 나막신만 신나 보다"라며 우스갯소리를 했던 기억이 난다. 남편은 10년 만에 그 구두를 다시 꺼내 신었다. 오래전 클래식 반주에 맞춰 멋진 턱시도를 입고 결혼식장으로 성큼성큼 걸어 들어갔던 그 다리로, 그날의 구두를 신고 터덜터덜 걸어 집을 나섰다.

    결혼 생활 중 우린 서로가 서로에게 결국은 타인일 뿐임을 깨닫고 절망하기도 했다. 그때마다 우리는 결국은 하나임을, 우리에겐 서로뿐임을 깨닫게 해준 건 늘 다준이, 다온이, 다겸이 세 아이들이었다. 우리는 다온이의 엄마, 아빠로 살면서 서로의 민낯을 마주했고, 그 민낯에 드러난 상처와 결핍들도 보았다.

    우리가 가족을 지키는 방법은 서로의 상처를 내 것으로 여기고 보듬는 거였다. 그 상처와 결핍들은 세상에서 우리 둘만이 아는 거다. 그것으로 인해 우린 서로를 더욱 사랑하고 연민하게 되었다. 완벽해 보였던 결혼 전의 그보다 상처도 결핍도 많은 지금의 그가 더 좋다고 분명히 말할 수 있다.

자신의 상처와 결핍마저 온전히 내보일 수 있는 단 한 명의 사람이 나이기에 내가 그의 아내인 거다.

"내 꿈은 이게 아니었어"라던 그의 넋두리가 마음에 오래 남았다. 당신의 꿈. 나의 꿈. 젊고 아름다웠던 시절의 우리. 과거의 우리는 참 꿈도 많았다. 서로만 있으면 뭐든 다 잘될 줄 알았지. 당신은 이제 기억도 안 난다던 당신의 꿈을 내가 안다. 글이 쓰고 싶었던 나, 그리고 물리학을 연구하고 싶었던 당신. 우린 둘 다 꿈과는 전혀 다른 삶을 살고 있다. 하지만 꿈을 이루지 못한 게 대수인가? 애초에 꿈을 이루는 사람이 세상에 몇이나 된다고. 중요한 건 서로의 꿈을 기억하는 반려자가 있다는 것 아닐까?

'힘든 것과 불행한 건 다른 것'이라던 남편의 마지막 말을 잊지 않을 것이다. 그래, 우리의 일상은 때로는 힘들고 고통스럽지만 우린 결코 불행해지지 않을 것이다. 우리에겐 서로가 있으니까. 우리는 서로가 불행해지도록 내버려두지 않을 테니까.

결혼식 날 내게로 걸어올 때 신었던 그 구두를 신고 뚜벅뚜벅 집으로 돌아오면은 그날의 설레고 행복한 마음으로, 하지만 더 크고 깊은 사랑과 연민으로 당신을 맞이할게. 있잖아. 우리는 우리의 꿈만큼 대단한 사람이 되지도 못했고 처음의 약속만큼 아름다운 삶을 살지도 못하겠지만 말이야. 내 머리가 하얗게 세고 당신의 웃음에 깊고도 굵은 주름이 패일 때까지 서로의 곁을 지켜주는 다정한 부부가 되자. 서로의 늙음을, 함께한 세월의 흔적으로 귀하게 여기며 오래도록 우리의 지난 시간을 이야기하자.

에필로그

'나'는 무엇을 위해
살 것인가?

아이가 자폐스펙트럼이라는 걸 알았을 때 내 인생의 두꺼비집이 갑자기 탁 하고 내려간 것 같았다. 너는 더 이상 인생의 주인공이 아니라고, 네 인생에서 반짝이는 일은 다신 없다고, 앞으로의 삶에 행복은 없을 거라는 선고가 내려지는 것 같았다.

느린 아이를 키우는 인생은 보람이나 행복이 없냐고? 왜 없겠는가. 그 경이롭고 아름답고 충만한 순간들을 내가

발달은 느리고 마음은 바쁜 아이를 키웁니다

어찌 잊을까. 다만 그 찰나의 행복에 비해 너무나 긴 고통의 시간에 숨이 턱 막힐 뿐이다.

시지프스처럼 기약도 끝도 없는 레이스를 이어가며 희망과 절망을 번갈아 마주하는 삶이 내게 주어진 운명인가? 절망을 끊어낼 수만 있다면 희망이 없어도 좋았다. 하지만 희망을 버려도 절망은 그대로였다. 내가 손에 쥔 패로는 결코 행복해질 수 없을 것만 같았다. 애초에 내 몫으로 배당되지 않았는지도 모를 밝은 미래를 기다리며 끝없는 힘듦을 감내할 자신이 없었다.

어떻게 살아야 하나? 그 질문 앞에서 나는 결심했다. 더이상 행복을 목표로 살지 않겠다고. 고통과 시련의 강에서 부유하다 아주 가끔씩 떠내려오는 행복이라는 지푸라기를 붙잡으려 애쓰지 않겠다고. 자폐 아이의 엄마라는 역할을 짊어진 채 행복해지려고 애쓰다가는 정말로 불행해질 것 같았기 때문이다.

그렇다면 무엇을 위해 살 것인가? 나는 '좋은 사람'이 되기 위해 살 것이다. 불행 속에서 행복할 순 없지만 그 속에서도 좋은 사람일 수는 있을 테니까. 그래, 그건 할 수 있을 것 같았다. 그것이 나의 희망이었다.

　　출구 없는 터널을 헤맬 때도, 잠수종에 묶여 깊은 바다로 끌려들어갈 때도, 오직 내가 서 있는 자리에만 폭우가 쏟아질 때도 이 순간을 벗어나 행복으로 가기 위해 애쓰기보다 그 자리에서 '좋은 삶'을 살기 위해 분투했다. 행복은 늘 나를 비웃듯 모래처럼 물처럼 손가락 사이로 달아났다. 하지만 좋은 사람이 되는 건 오직 나의 의지와 노력만 있으면 되는 거였다. '좋은 사람이 되려는 노력'은 나를 배신하지 않았다. 행복해지는 것과 달리 좋은 사람이 되는 것은 어떤 조건에서든 마음만 먹으면 가능한 일이어서 좋았다. 신기하게도 행복을 포기하자 소소한 행복들이 들꽃처럼 피어났다.

　　좋은 삶을 살고자 하는 노력의 일환으로 글을 썼다. 나의 희망과 절망에 대해. 일상의 다정한 순간에 대해. 나을 수 없는 상처에 대해. 휘발되지 않는 꿈에 대해. 아이들을 위해 하루의 대부분을 쓰고 나를 위해 하루 한 시간 글을 썼다. 그 시간들이 나를 더 단단하고 다정하고 유연한 사람으로 바꿔 놓았음을 믿는다.

대체로 무해하고 좋은 사람이었다 생각하지만, 당신들에게만큼은 그러지 못했다. 무너지려던 내 세상을 단단하게 지탱해 준 나의 가족들, 다온이에게 새로운 세상이 되어준 선생님들, 우리에게 곁을 내어준 다정한 이웃들에게 이 책을 바친다.

발달은 느리고 마음은 바쁜 아이를 키웁니다

초판 1쇄 발행 2025년 5월 14일

지은이 정소연
브랜드 온더페이지
출판 총괄 안대현
책임편집 김효주
편집 심보경, 정은솔, 이수빈, 이제호, 전다은
마케팅 김윤성
표지디자인 room501
표지 일러스트 김아라
본문디자인 윤지은

발행인 김의현
발행처 (주)사이다경제
출판등록 제2021-000224호(2021년 7월 8일)
주소 서울특별시 강남구 테헤란로33길 13-3, 7층(역삼동)
홈페이지 cidermics.com
이메일 gyeongiloumbooks@gmail.com(출간 문의)
전화 02-2088-1804 **팩스** 02-2088-5813
종이 다올페이퍼 **인쇄** 재영피앤비
ISBN 979-11-94508-17-5 (03810)